隆 慶一郎 短編全集 1
柳生 美醜の剣

隆 慶一郎

日経文芸文庫

柳生《やぎゅう》刺《し》客状《かくじょう》

序ノ段

あいつ、嫌いだ……。

少年は心の中で父を『あいつ』としか呼ばない。ものごころついてこの方、膝《ひざ》に乗せて貰《もら》った覚えもない父である。なによりも、じろりと見る眼が、異常に冷たい。明らかに邪魔者を見る眼だった。出来てしまったから、仕方がない。我慢して養ってだけはやろう。だがその内、つぐないはして貰うぞ。父の眼はそう云っている。

あいつ、母さまをいじめにしか来ない……。

父の頭には番《つが》うことしかない。母の部屋に来るとすぐ引き寄せ、裾《すそ》を割って太い手をさしこむ。母が身悶《みもだ》えして、少年がいるからと拒んでも聴《き》くものではない。却《かえ》って見せつけるように細く白い軀《からだ》を大きく割り、荒々しく責めたてるのである。

あいつ、醜い……。

極端な短足のくせに、でっぷり腹が出て、顔ばかり異常に大きい。まるっきりひき蛙だった。

でも、あいつ、怖い……。

少年には五歳年上の兄がいた。母親は違ったが、そんなことは気にもかけず、少年を可愛がってくれた。少年以上に父を嫌い、憎んでいた。

「気をつけろ。あいつは怖いぞ」

なん度もそういってきかせた。

「俺の兄はあいつに殺された。ありもしない罪をかぶされてな。兄の生みの母も、その時、くびり殺された。あいつを呪《のろ》いに呪って死んだそうだ。でもあいつは、けろりとしてたたりひとつ受けやしない。蛙のつらに小便だ。あいつはそういう奴だ」

やっぱりひき蛙だと少年は思う。

「私たちはどうしたらいいんですか」

少年が訊《き》くと、兄は唇を歪《ゆが》めて応えた。

「くそくらえだ。そう簡単に殺されやしないぞ、ってところを見せつけてやれ。斬人の法を学べ。いざとなったら、躊躇《ちゆうちよ》せずにあいつを斬れ。俺たちの生きのびる道は、それしかない」

兄の幼名は於義伊《おぎい》といい、於義丸ともいう。顔が黄顙魚《ギギ》という魚に似ていたためだという。この魚はギギウともいい、形は鯰《なまず》に似て小さく、渓水に棲《す》み、捕えられるとギギと鳴くそうだ。ひどい名前をつけるものだ、と少年は思う。そんな名前をつけられたら、誰だって父を憎むだろう。

兄は十一歳の年、羽柴《はしば》秀吉の養子となって大坂へやられた。ていのいい人質だと、少年の母はいった。

「あのお方《かた》は激しすぎます。だからこんなことになった。殿は用心深いお方ですからね。後々ご自分に逆らうかもしれないとお思いになったのでしょう」

兄は養家でも、その激しさを露骨に見せた。伏見の馬場で馬を責めていた時、秀吉の馬丁が馬を並べて来たところ、無礼者と一喝《いっかつ》するなり、抜きうちに斬り殺した。疾駆する馬上でのことである。なまなかの手練《てだれ》ではなかった。

「たとえ太閤殿下の御家人《ごけにん》といえども、この秀康と馬を並べる無礼を致す法があるか」

その激烈な威厳に、馬場にいた者ことごとく蒼然《そうぜん》となったという。秀吉はその処置をほめたが、翌年養子縁組をとき、下総《しもうさ》の名門、結城《ゆうき》晴朝の養子として送り出した。秀吉もまた、子の激しさを嫌ったのである。兄が十七歳の年のことだ。

少年はその一部始終を見ていた。生きのびる法について、兄は間違っているのではないか、と少年は思うようになった。古い家臣にきいたところでは、長兄もまた激しい人柄で、武勇にすぐれていたという。

『こっちがうんと強ければ、手を出す奴なんてあるものか』

兄二人の思想はこれである。だが二人共、父を超えるほど強くはなれなかった。だから長兄は死に、次兄はたかが下総結城五万石の養子にされてしまったのではないか。強く激しく、は生きのびる法にはならない。少年は肝《きも》に銘じてそう思った。

あいつの思うままになってやろう……。

弱さと、律儀《りちぎ》さと、従順さだけが、この異常な父の下で生きのびる道であると、少年は思い定めた。だがそれは本来爆発を求める青春にとって、忍苦の道でしかありえない。それでも少年は耐えた。覇気《はき》がない、とそしられ、凡庸なお子だと嘲《あざ》けられても、黙々として耐えた。やがて少年は親孝行なお子だと評価されるようになった。とりたててすぐれた点はないが、穏《おだ》やかで親孝行だ、という。それでいいのだ、と少年は思った。いつか老人のように思慮深い顔になっていた。十七歳の年に結婚させられた。相手は於江《おごう》とも於江与ともいわれる六歳年上の女性である。しかも三度目の結婚だった。二番目の亭主との間には、子供までいた。少年は童貞だった。

ひとを馬鹿にしている。

忿懣《ふんまん》やる方なかったが、少年は色にも出さなかった。浮気一つせず、年上の女房の尻に敷かれてやった。

父はその少年を永いこと観察していたらしい。或日《あるひ》、ぽつんと云った。

「猫をかぶるなら、最後までかぶり通せよ」

生れて初めて、少年の頭に血が上った。斬り殺してやりたいと思った。いや、ただ斬り殺すだけでは飽《あ》きたらない。鼻を削《そ》ぎ、眼を抉《えぐ》り、舌を切り、はらわたを外にひきずり出して、ゆるゆると死ぬ様を、じっくり見ていてやりたかった。

あいつ、憎い……。

それは少年の執念と変った。

あいつ、いつか殺してやる……。

少年は幼名を長松、或《あるい》は竹千代。元服して徳川秀忠と名づけられた。

其ノ一　慶長五年九月

旧暦九月十七日の東山道（後の中山道）は霧に包まれていた。その霧の中、岐阜赤坂から木曾路に向う道を、ただ一騎、遮二無二《しゃにむに》馬をとばす鎧《よろい》武者がいる。武者の名は柳生又右衛門宗矩《むねのり》。剣名をもって識《し》られた柳生石舟斎宗厳《むねよし》の五男。時に三十歳だった。

宗矩はこの年の七月、徳川家康の率《ひき》いる上杉景勝討伐軍の中にいた。誰の家臣でもない、一介の浪人としてである。柳生家は石舟斎の時、将軍義昭に加担して織田信長と戦い、一敗地にまみれてから、一切の扶持《ふち》・封禄を失っている。以後柳生谷に逼塞《ひっそく》し、僅《わず》かに兵法指南をなりわいとして、細々と暮していた。長男の新次郎厳勝は、二度の戦傷（特に腰にうけた鉄砲傷がひどかった）で、世間に出られる身体ではなく、二男の久斎、三男の徳斎の二人は僧侶となり、従って四男の五郎右衛門宗章と五男の又右衛門宗矩だけが、なんとかしてよき主君をみつけだし、高禄で召しかかえられることを望んで、漂泊の旅を続けていた。武者修行といえばきこえがいいが、ありようは職さがしの旅だったのである。五郎右衛門宗章の方は、早々と金吾中納言小早川秀秋に高禄で召しかかえられることが出来たが、宗矩の方は諸事うまくゆかない。

二十歳の年に家を出て、丁度十年、時々は故郷に帰ることはあっても、大半を主君さがしの旅に費《ついや》して来たことになる。いい加減くたびれていた。そこへこのいくさである。最後の機会かもしれぬと思案して、遥々《はるばる》江戸まで下り、家康に懇願して従軍の許可を得た。

宗矩は六年前の文禄三年に、京都鷹ケ峰の陣屋で一度だけ家康と会ったことがある。父の石舟斎と共に新陰流の兵法を演じて見せたのである。そんな些細《ささい》な手づるしか頼るもののない今の我が身が、なんとも寒々しく、なさけなかった。果して家康は宗矩を覚えてはいなかった。父石舟斎の名を出してどうやら認められたが、

「好きにするがよい」

つまりどこに所属しようと勝手だと云われた。これは兵力としてまったく計算の外にあるということだ。

宗矩は屈辱に顔を赧《あか》らめたが、当時の兵法者はこと合戦となると、所詮それくらいにしか踏まれていなかったのだ。家康の近くにいて手柄を認められたい一念で、本陣の前衛部隊である本多忠勝隊の与力《よりき》となった。

七月二十五日、前日下野《しもつけ》小山に着陣した家康は、客将たちを招集し、石田三成とその一統が大坂に兵を挙げたことを告げ、各人の自由な行動を保証した。石田方につく者はついたらいい、中立を保ちたい者は国許《くにもと》に帰ったらいい、と云うのである。客将たちの中には迷う者もいたが、豊臣家子飼いの福島正則が真先《まつさき》に家康に味方することを宣言したので、全員揃って家康と行動を共にすることを誓った。

勿論、家康の周到な根廻しがものを云ったのである。

事件を知った宗矩は逆上した。待ちに待った機会が到来したのである。このいくさが天下分け目の決戦になることは明白だった。全国の武将という武将、ことごとくが西と東に分れ、雌雄を決することになる。単に徳川家ばかりではなく、全国の武将の命運が、この一戦に賭けられることになる。小なりといえども柳生家も一個の武将であることを証明出来るのは、この時を措《お》いてほかにはない。宗矩は家康の本陣に押しかけ、柳生一族が総力を結集して家康のために起つ用意のあることを告げた。家康は上機嫌でこの申し出を受け、自分が着陣するまでに大和で反石田の兵を挙げるなら、柳生の旧領三千石を復帰させようと約束した。

家康はこの一戦に勝つためにあらゆる手をうった。柳生家だけではなく、木曾義昌の遺臣たちや、もと織田信雄《のぶかつ》の家老で、今は浪人中の岡田善同《よしあつ》、豊臣家臣で僅か三百石の平野長重にまで手紙を送って、一人でも多くの兵をかき集めようとしている。

宗矩は夜を日に継いで柳生の庄に帰り、ことの次第を告げ、一族あげての蹶起《けっき》を促《うなが》した。集ったのは石舟斎と新次郎厳勝、そして新次郎の嫡男兵介、後の柳生兵庫助利厳《としよし》の三人だった。兵介この時、二十三歳。石舟斎の鍾愛《しょうあい》を一身に受けた涼やかな若者だった。生れてから一歩も柳生谷を出たことがなく、石舟斎と新次郎に幼少から仕込まれた新陰流兵法は、精妙の域に達しているという。宗矩は強い嫉妬《しっと》を感じた。

宗矩が石舟斎から新陰流の正統を学んだのは、十九の年までである。以後、諸国を流浪しながら、幾度かの戦場働きと決闘によって剣を磨いて来たが、その剣が新陰流の正統から次第に離れて来ていることを、宗矩自身が強く感じていた。石舟斎の眼から見れば、恐らく不純きわまる剣になったと云われるだろう。だが不純にならなければ、今日まで生きては来れなかった、という居直りが宗矩にはある。兵法は人を斬るためにある。そこには純も不純もない。とにかく相手を殺し、自分が生きのびることが大事である。目くらましを使おうと、けれんを使おうと、要は勝てばいい。いわば芸術の剣ではなく、実用の剣である。それこそ兵法の原点ではないか。現在の宗矩は、そう信じていた。

長い沈黙があった。石舟斎も新次郎も、宗矩を凝視したまま、一言も発しない。もとより兵介が口を出すことはない。宗矩は焦《じ》れた。重ねて激しく蹶起を促した。柳生家の興廃はこの蹶起にかかっている。このいくさに勝てば、柳生一族の立身出世は意のままであろう……。

石舟斎が話の腰を折った。

「石田方の兵数はどれほどだ」

「八万五千とも十万ともいいます」

「徳川殿の着陣に先だって兵を挙げよというのだな」

「当然でしょう。それでなくては手柄になりません」

「誰の手柄だ」

「誰のといわれましても……それは柳生一族すべての……」

「違うな。手柄は、又右衛門、お前一人のものだ」

「………」

「立身出世もお前一人のものだ。違うか」

「手前が立身すれば、当然一族の者たちも……」

石舟斎がゆったりと手を振った。

「その時は一族の者の大半は死んでいる。立身も出世もあるわけがない」

「そんな……」

「今、柳生が起つとして、集められる兵はせいぜい五百。それで八万五千とも十万ともいう石田方を討てというのか」

「それは全軍の数です。われらが相手にするのはたかだか千か二千……」

「五千だ。わしが石田殿なら、五千を割《さ》いて短期の総攻めを選ぶ。或は一万。とにかく徳川殿御着陣の前に片をつけたい」

「………」

「それでも柳生一族が生きのびられると、お前は云うのか。本気でそう思うのか」

「…………」

「思いはすまい。お前も徳川殿も同じだ。柳生谷の者など、ただの捨て駒にすぎぬと思っている。徳川殿にとって、五百ばかりの手駒など失っても、なんのさし障りもない。しかも三河譜代の精兵ではなく、名もなき地方の一族だ。それによって石田方の兵力を千でも二千でも減らすことが出来れば、なにがしか、いくさは楽になろう。それほどの軽い気持でいるにきまっている。お前も一族の者ことごとく死に絶えても、それで自分の立身の道が開ければいいと思っている。違うか」

「違います。手前は真に一族の繁栄を願って……」

「死んだ者に繁栄も栄誉もない。わしらにとって柳生谷五百の兵は、断じて捨て駒ではない。また、お前の口車に乗って新陰流の道統を絶やすつもりもない」

「手前が世にある限り、道統が絶えることはありません」

「お前の剣では、新陰の道統を継ぐことは出来ぬ」

それで終りだった。石舟斎は柳生谷の一兵といえども動かすことを許さなかった。その上、兵介と試合をすることを命じた。

宗矩は絶望感に歯がみしながら、ひきはだしないをとって兵介に対した。

ひきはだしないとは、上泉《かみいずみ》伊勢守の創案になる、新陰流独特の稽古用具である。長い袋状につくった馬又は牛皮の中に、二つ割りないし四つ割りの破竹を仕込み、皮には薬粉をまぜた漆《うるし》を塗って強化してある。漆を塗ることで皮に皺《しわ》が生じ、ひき蛙の肌に酷似《こくじ》したところから、ひきはだ、と称されたのである。柄《つか》の長さ七寸、刀身の長さ二尺五寸、あわせて三尺二寸が定寸とされた。

兵介はそのひきはだしないを右手にだらりと下げて立っている。新陰流にいう『無形《むぎょう》の位《くらい》』である。新陰流では『構え』という言葉を使わない。構える、という観念そのものを否定している。だから『位』という。『無形の位』は、構えた相手の虚をつくものである。なんの防禦態勢もとらぬ、隙《すき》だらけの形に見えるからだ。そのまますうすると自然な足どりで間《ま》を詰めて来る。

宗矩は腹の底で、せせら笑った。兵介はそのまま『間境い《まざかい》』を越え、こちらが慌てて一撃するのを待って、後《ご》の先《せん》をとるつもりでいる。だがそれには、『間境い』を越える瞬間に、既に相手の意図を鏡に映すように読んでいなければならぬ。あたかも水が月を映すようにというので『水月』と名づけられた秘伝を、兵介は使おうとしている。だが、たかが道場で学んだ兵法で、戦場を駆け廻って身につけた自分の変化の剣が読めるわけがない。兵介は石舟斎に最も似ているといわれている。体軀《からだ》も剣も酷似していると云う。今の宗矩にとって、石舟斎は憎悪の対象以外の何物でもない。

十年来の野望を、その達成を目前にして、微塵《みじん》にうちくだいた男。自分を非道の人間として罵《ののし》った男。新陰流の道統を継ぐに値しないといい切った男。そんな男が何が父か。自分の立身を妨げる仇《かたき》ではないか。そしてその父に愛されているこの兵介も、いわば仇の片割れである。よし。やってやる。宗矩は残忍な気持になった。得物《えもの》が木刀でないのが残念だが、ひきはだしないでも、打ち手によっては、相手を不具にするくらいのことは出来る。宗矩の脳裏に、新次郎厳勝と並んで歩いている兵介の姿が浮んだ。親子揃って、ひょこたんひょこたん、肩を大きく上下させながら、足を曳《ひ》いて歩く姿が。くるぶしだ。くるぶしを砕《くだ》いてやる。

宗矩はわざと大きく太刀をあげ、八双に近い構えをとった。それを更にあげる。後年の薬師丸流にいう『とんぼの構え』に似た形である。この構えからは、脳天唐竹割りか、袈裟《けさ》にかけるか、二つの斬撃しかありえない。兵介はそう読んだに違いなかった。正統新陰流を学びながら、こんな異風の構えをとる叔父を、内心軽蔑していたかもしれない。

兵介は無造作に『間境い』を越えた。但し、足だけである。上体は微妙に『間境い』の外に残している。上段からの斬撃を皮一枚にかわして、その拳《こぶし》を打ち砕くつもりでいる。兵介の予想通り、宗矩の剣が上段から降って来た。凄《すさ》まじい速さである。それだけなら、兵介は苦もなくかわし、狙い通り宗矩の拳を打った筈《はず》だ。だが宗矩の動きは、兵介の予想を裏切った。身体全体が、急速に剣と共に沈んだのである。両膝は床につかんばかりに落し、ふりおろした剣は、正確に兵介の左くるぶしを打った。兵介の剣は、その寸前に、宗矩のむきだしの肩を打っている。

目標までの距離の違いがそうさせたのだ。得物が真剣なら宗矩は即死し、兵介は足一本を失って尚も生きている。そんなことは宗矩は百も承知だ。ひきはだしないだからこそ、こんな攻めをしたのである。宗矩の肩の打撃は耐え得る打撃だった。それに反して、兵介の左くるぶしに対する打撃は、強烈を極めた。距離の差は加速を倍にする。しかも宗矩はこの打撃に渾身《こんしん》の力を籠めている。いやな音と共に左くるぶしが異様な角度に曲り、兵介は横ざまに倒れた。

石舟斎が立った。激怒の眼である。

「又右衛門。相手をせい」

「いや」

新次郎厳勝が、素早く兵介のくるぶしを元の形に戻しながらとめた。

「私がやります」

戦慄《せんりつ》が宗矩の背筋を走った。宗矩はこの長兄の不具者の刀法の恐ろしさを知っている。

この兄は不具という欠陥を、逆に恐るべき武器に変えていた。予測しがたい角度に身体が傾き、予測しがたいところから剣が襲って来る。常人に受けられる剣ではなかった。宗矩は素早くひきはだしないを棄てた。

「即刻退散仕《つかま》つります。至急家康公のもとに馳《は》せ戻り、柳生谷の起たぬ、いや、起てぬ事情を申上げねばなりません。公のお怒りを買えば、柳生谷は殲滅《せんめつ》される。それこそ五百どころではない。女子供まで悉《ことごと》く殺されますが、それでもいいのですか」

明らかに恫喝《どうかつ》だが、現実について一分の可能性が残る限り、石舟斎も新次郎も敢《あえ》て動くわけにはゆかなかった。宗矩は無事に柳生谷を出た。

だがこのままでは家康の前に出ることは出来ない。宗矩は、有金をはたいて無頼の百姓を二十人ばかり雇い入れ、家の蔵から持出した胴巻を着せ、槍・野太刀などを持たせて、家康のもとに馳せ戻った。石舟斎病いのため蹶起不可能と告げる宗矩の顔は、冷や汗にまみれていた。家康は口もきいてくれなかった。払いのけるような仕草で、手をふっただけである。これで三千石復帰の夢も潰《つい》えた。

九月十五日の関ケ原合戦に、宗矩がどれほどの働きをしたかは、不明である。本陣に迫った敵を迎え討って八騎まで斬った、と書いたものがあるが、どれだけ信憑性《しんぴょうせい》があるものか分らない。関ケ原関係の史料に、宗矩に関する記述は一行もない。

第一、素姓もしれぬ兵卒二十人ばかりをつれた浪人が、家康の本陣にいられるわけがない。三河譜代の近習《きんじゅ》・使番が、隙間なく家康のまわりをかためていた筈である。

実際は宗矩は本多忠勝の陣内、しかも最後尾にいた。金で雇った無頼たちは、こんないくさに命を賭けるつもりはさらさらなく、勝手に安全な後尾を選んで動かなかったためである。こんな兵卒をつれた指揮官が、手柄などたてられる道理がない。宗矩は戦闘が始る前から投げていた。だからはやる気持もなく、いわば傍観者の眼でのんびり周囲の動きを見ていた。まさに戦闘開始という辰《たつ》の刻《こく》（午前八時）近く、その傍観者の眼が、異常な徴候を捕えた。

先ず侍大将本多忠勝の表情・動作すべてが異常だった。家康の本陣に出かけていったかと思うと、すぐ戻って来た。顔色は蒼白で、言葉さえ吃《ども》りがちである。指先が震えている。そして本陣にとどまる必要が起きたといって、隊の指揮を腹心の部将に委《まか》せた。御先手侍大将のすることではない。異常もいいところである。部将にこれから先の動きようを、こと細かに指示すると、再び本陣に馬を返す。咄嗟《とっさ》の判断で、宗矩は忠勝を追った。

忠勝の供のような顔をつくり、本陣の旗本の面々をかきわけ、どこまでもついてゆく。忠勝はよほど動転しているらしく、宗矩にまったく気づいていない。これもまた異常だった。忠勝は徳川家随一の剛勇で鳴る歴戦の武将である。しかも勘働きが鋭く、そのお蔭で徳川軍団は幾度も危機を乗りこえている。勘働きを生むのは沈着さである。常に平常心を保っていなかったら、勘が働く余地がない。そして平常心を保っていて、こんな明《あか》らさまな尾行に気がつかないわけがなかった。

忠勝はまっすぐ家康のもとにゆき、何事か囁《ささや》き合っている。床几《しょうぎ》をとりよせ家康と並んで腰をおろし、果てしもなく囁き続けている。やがて福島正則隊の方角で激しい銃声が起こり、戦端の開かれたことを告げた。家康と忠勝は、さすがに顔をあげて、ちらりとその方角に眼をやったが、すぐまた囁き合いを始めた。こうなるともう異常を通り越して、奇怪である。肝心の戦闘が始ったというのに、何をぐだぐだ話し合っていることがあろうか。評議も時と場合による。そんなことは、誰よりも家康や本多忠勝が承知している筈ではないか。旗本たちも焦《じ》れている。宗矩でさえいらいらして来た。

その時、ちらりと宗矩の眼を掠《かす》めたものがある。馬だった。馬が動いた。ただそれだけのことだった。現に近習や使番たちも、気にもとめず、じっと家康と忠勝の方を見つめている。だが宗矩はまたしても異常を見た。今動いた馬は何かを積んでいた。

二つに折ったような形で馬上に横たえられたその物体には、葵《あおい》の紋のついた陣幕がかけられ、厳重に縄で縛られている。長さは丁度《ちょうど》人の身長ほどだ。宗矩ははっとした。これは死人《しびと》である。生きた人間を、こんな形で馬にくくりつけることは出来ない。だが、戦闘が始りもしないうちに、死人が出るものだろうか。しかもこんな形で馬に乗せているのは、どういうわけだ。本陣の動きに合わせて運んでゆくつもりなのか。死人ならさっさと葬ればいい。まわりは野草の茂る湿地帯である。埋葬になんの手間もかかるわけがなかった。

宗矩は目立たぬように少しずつ足の位置を変え、その馬のそばによった。柳生家には、先祖伝来極秘の裡《うち》に伝えられて来た、裏の兵法がある。忍びの術を基本とし、刀法と組合せたものだ。人目を眩《くらま》すことなど、宗矩にとっては児戯に類した。馬の右側に寄った。そちらの側が人目に隠れているからである。

小柄《こづか》を抜き、素早く物体を蔽《おお》った陣幕を切り裂いた。手さぐりでどうやら頭と思われた部分だった。予想通り伏せた頭のうしろ部分が現われた。大きなさいづち頭である。この頭にはどこか見覚えがある。髻《もとどり》を摑《つか》むと、思い切って首を捻《ね》じ曲げた。蒼黒い顔色は、死んで暫くたっていることを示している。だが硬直度はさほど進んではいない。更に捻《ねじ》った。横顔が完全に視野に入った。宗矩の手がこわばった。かすかに震えた。死人の横顔は、徳川家康その人のものだった。

そんな筈はなかった。家康は今、あそこにいる。本多忠勝とまだ何か囁き合って、あそこに……。突然、真相が見えた。家康と忠勝がこの大事な時に、いつまでもひそひそと話し合っている理由が分った。あそこにいるのは家康ではないのだ。同じ南蛮胴の鎧《よろい》をつけ、同じ茶のほうろく頭巾《ずきん》をかぶってはいるが、あれは家康ではない。

では、誰か。家康には十年来従う影武者がいた。その名は世良田二郎三郎元信。三河一向一揆《いっき》以来、永く一向一揆の抵抗を戦って来た男らしいとしか、素姓は伝えられていない。奇怪なほど、家康に似ているということと、この男を推挙したのが本多忠勝であるということしか、宗矩は知らない。だがそれだけで、今の事態の説明には充分だった。

宗矩は更に陣幕の裂け目を拡《ひろ》げて、傷口を探した。あった。左腕のつけ根からまっすぐ入って心の臓を一突きにした傷。槍傷だった。鎧武者の最大の弱点を正確に突いている。刺したのが世良田二郎三郎だとは思えなかった。これだけの眼の中で、並の人間にそんなことは不可能である。

忍びの仕業《しわざ》だ。忍びならやれる。それも恐らく近習ないし使番を装って近づき、刀仕立の槍の穂で刺したに違いない。宗矩は同種の武器と闘ったことがある。その時は仕込杖《しこみづえ》だった。杖から抜けば十人が十人とも刀だと思う。そういう常識がある。ところがその刀身は異常に長い槍の穂だった。その柄頭《つかがしら》に鞘《さや》をねじこむと、忽ち立派な短槍が出来上った。刀と信じてその間合しかとっていなかった宗矩は、危く串刺しになるところだった。あの得物なら脇差として腰に差していることも出来る。そうだ。霧。先刻まで関ケ原は濃い霧の中にあった。

夜来の激しい雨が小降りになり、暁と共に霧に変ったのである。忍びは、あの霧にまぎれて家康に近づいたに相違ない。そして正確に家康を刺し、同様に霧にまぎれて逃げた。影武者世良田二郎三郎は驚愕《きょうがく》し、本多忠勝を呼んだのではないか。それがあの慌《あわただ》しい密議の理由ではないか。

「前進」

家康、いや世良田二郎三郎の、よく響く声が喚《わめ》いた。金扇と日輪を描いた大馬印が立ち、『厭離穢土欣求浄土《おんりえどごんぐじょうど》』の白旗が大きく風に靡《なび》いた。近習たちが一斉に乗馬する。宗矩は急いで陣幕を元通りかけると、自分の馬にまたがり、本陣と共に移動しながら、元の本多陣に戻った。雇った二十人の無頼どもの姿はなかった。一人残らず逃げ去っていたのである。だがそんなことはもうどうでもよかった。宗矩は今えたばかりの知識をどう生かすかの思案に、目の前のいくささえ忘れていた。

〈本当にこれでよかったのだろうか〉

今、あの朝と同じように霧に包まれた東山道を馬で駆け抜けながら、宗矩はまだ迷っている。

関ケ原の合戦は、総指揮官の家康を欠きながら、不思議に東軍の大勝に終った。東軍が勝ったというより、西軍が自ら敗れたのである。吉川《きっかわ》広家と金吾中納言小早川秀秋の二人の裏切りが主たる原因だった。宗矩は今更ながら家康の根廻しの見事さに感嘆した。

戦勝と共に家康の喪が発せられるものと見ていた宗矩の予想は覆《くつがえ》された。影武者世良田二郎三郎は、そのまま家康として、石田方の首実検に臨み、味方の諸侯を引見し、一人一人その軍功を称賛している。

〈どういうつもりなんだ〉

宗矩には二郎三郎の、いや、本多忠勝の意図が分らなかった。そのうちに奇妙なことに気づいた。東軍の諸将は、誰一人として家康の死を知らないのである。退却する島津勢を追って、腕に鉄砲傷をうけた家康の四男、松平忠吉とその舅《しゅうと》に当る井伊直政さえ知らないようだった。本多忠勝が自分の胸一つにおさめて、発表を控えているに相違なかった。何故それほど家康の死を秘《かく》さねばならないか。答は明白だった。家康が死んでは、関ケ原の大勝は無意味になるからだ。

関ケ原で戦ったのは、大半が豊太閤秀吉恩顧の武将たちである。彼等は豊太閤の家臣という点で、家康と同格の立場にいる。それでも敢て家康の指揮下で戦ったのは、『海道一の弓取り』と呼ばれたいくさ上手の家康を信じたためであり、次代の覇権が家康の手中に入ることを、渋々ながら認めていたからである。その家康が死んだとなれば、彼等には徳川家の下風に立ついわれがない。一片の義理もあるわけではない。秀康、秀忠、忠吉、家康の子のうち誰が徳川家を継ごうと、彼等にとっては所詮青臭い洟《はな》たれ小僧にすぎない。そんな若僧を頼って生きのびられるわけがなかった。世の中はもう一度戦国の昔に帰るしかない。諸侯は改めて覇権の行方を追って、果てしない戦闘に突入することになる。次の覇権を握るのは、大坂城の秀頼をいただいた加藤清正か、薩摩の島津か、中国の毛利か、誰にも分りはしない。だが確実なことは、この覇権争奪戦の中に、徳川家は加えて貰えないということである。いかに三河譜代の精兵を擁するといっても、いずれも二十代の若い未経験な主君に、この戦いに参加する資格はなかった。徳川家が天下に覇を唱える道はただ一つ、家康が生きているということだ。本多忠勝の思案は、その明白な事実に即している。

この剛直な武将に、徳川家乗取りの陰謀が抱けるとは思えず、たかが影武者風情《ふぜい》にそんな大それた野望が抱ける筈がないとすれば、事態はそうとしか解釈しようがない。そして今、本多忠勝が不安な思いで待ち望んでいるもの、それは世子秀忠の到着以外にある筈がなかった。

本隊と道を分って、東山道を進んだ秀忠と三万八千の兵は、呆《あき》れたことに関ケ原合戦に間に合わず、今に至っても尚、到着していなかった。戦場に遅れるとは、武将にあるまじき不覚悟である。並の武将なら、その地位を追われても仕方のない大失策だった。いや、身内に厳しい家康のことである。生きていたら、直ちに秀忠を世子の地位からはずしていたかもしれない。一つ違いの弟忠吉は、立派に戦功をたて、戦傷まで負っている。まさに世子たるにふさわしい若者といえた。この上秀忠の到着が遅れるようなら、本多忠勝とても忠吉と井伊直政に真相をうちあけ、善後処置を相談するしか法がなくなる。いつまでも恣意《しい》をもって秘しておける事柄ではないからだ。

そうなれば、忠吉は秀忠に真相を告げることなく、裏面から世良田二郎三郎を操り、己れに都合のよいように、政策を押し進めてゆくに違いない。忠吉にその気がなくても舅《しゅうと》井伊直政がそうさせるにきまっていた。その時、幕閣の中に秀忠の居るべき場所はない。どこか僻遠の地で、禄高だけは多い大名となり、一生日の目を見ることなく朽ち果ててゆくしかあるまい。

宗矩が家康の死という秘事を洩らす相手は二人しかいない。秀忠と忠吉である。どちらに洩らす方が有利か、宗矩は一晩、痩《や》せるほどの思いで思案を重ねた。そして秀忠を選んだ。理由は忠吉には井伊直政という油断ならぬ策士がついていることと、秀忠の律儀な親孝行者という評判だった。律儀者ならこの重大なしらせをもたらした自分に、必ず酬《むく》いてくれる筈である。忠吉では即座に殺されかねない危険があった。そのくせ今、東山道を秀忠の本陣目指して駆けながら、宗矩はまだ自分の決定が正しかったかどうか、迷いに迷っていた。

宗矩が秀忠の軍勢に行きあったのは、美濃の国境いに近い妻籠《つまご》の宿でである。兵卒たちは木曾路の難路に、疲労困憊《こんぱい》していた。重い小荷駄を積んだ馬車をつれて、切りたった崖道を進み、細い懸橋《かけはし》を渡って来たのだから当然といえる。だが秀忠遅参の原因は、難路にはない。信州上田城の真田《さなだ》昌幸攻略のためである。二十二歳の秀忠はこれが初陣だった。たかが二千の城兵しか持たぬ上田城などひとひねりだと思ったのであろう。

だが真田昌幸は百戦練磨のしたたかな老将である。秀忠軍三万八千の攻撃を受けて、実に八日を持ちこたえ、尚も落城する気配を見せない。秀忠も遂に諦《あきら》め、備えの兵を置いて先を急いだ。これでは何のための城攻めか、分ったものではない。そしてこの八日間の遅れが、関ケ原合戦遅参の最大の原因となった。

宗矩は意外なことに簡単に秀忠に会うことが出来た。秀忠が情報不足によって、家康の動向に過敏になっていたためである。関ケ原のいくさが十五日に終ったことを告げられると、その顔から一瞬にして血の気がうせた。

秀忠は自分が着陣するまで、戦闘は始らないものと確信していたのである。あの父がこの重大な失態を許す筈がなかった。永年の辛抱でやっと手にいれた世子の地位も、これで終りだ。奮戦して鉄砲傷まで受けた忠吉が、新たな世子になることは明白である。

「なんという無益な辛抱だ。愚かだった。どうしようもない愚者だった、わしは」

秀忠は目の前にいるのが、ろくに顔も知らぬ一兵法家であることを忘れた。思わずかき口説くような口調になっていた。宗矩はこの秀忠の動揺に、というよりその素直さに驚いた。自然に慰める調子になった。

「御心配には及びませぬ。お父上は……」

「その方は父を識らぬ」

「ですが、そのお父上は……」

宗矩はもう一度周囲に人のいないのを確かめてから、低く、お亡くなりになりました、と囁いた。秀忠の表情が、所作が、ぴたりと凝固した。宗矩が自分がそれを知るに至った過程を詳説する間、その凝固は融けなかった。終っても暫くそのままである。やがて微《かす》かに呟《つぶや》いた。

「まことの話か」

「天地神明に誓いまして……」

不意に、まったく不意に、凝固が融け、かん高い笑い声がそれに替った。だがすぐ、それも停まった。異様な問いが発せられた。

「その方は父御《てご》が好きか」

宗矩の眼の前を、石舟斎の激怒した顔が掠《かす》めた。

「大嫌いでござる」

秀忠がにたりと笑った。同類を認めた満足の笑いである。この笑い一つで、宗矩は秀忠の腹心ときまった。

「急がねばならぬようだな」

三万八千の兵は、この妻籠から岐阜赤坂までの道を、昼夜兼行、二日で駆け抜けている。一日十五、六里の強行軍である。赤坂で一泊すると翌二十日には関ケ原の戦場を抜け、石田一族の滅亡した佐和山城下も抜け、息もつかずに近江草津に着き、大津城にいる家康（実は世良田二郎三郎）に到着のしらせを送っている。

史書は怒った家康が三日の間秀忠に会おうとしなかったと書いている。実はこの三日は、家康の死をどう処置するかの謀議に費やされた日数だった。謀議に参加したのは、秀忠と徳川三人衆、即ち本多忠勝、井伊直政、榊原康政の三将と謀臣本多正信の五人である。四男忠吉は鉄砲傷に呻吟《しんぎん》して出席出来なかった。そのため遂に終生父家康戦死の秘事を知らされることなく終った。忠吉にとっては最大の不運であり、舅の井伊直政にとっては一代の痛恨事だったが、事は徳川家の命運にかかわる秘事である。まず絶対沈黙を守る誓紙を入れての上の謀議である以上、口外は許されない。直政は切歯扼腕《やくわん》しながら、今の今までただの律儀な親孝行者と軽んじて来た秀忠の、緻密でしたたかな采配に従うしかなかった。

この謀議できまったことは、あくまで家康を生かしておくことだった。少くとも大坂城の秀頼を滅ぼし、天下を徳川家の下に完全に統一するまでは、当代随一のいくさ巧者といわれる家康の力が必要だった。その上、秀頼を滅ぼすことは、いわば一種の裏切りであり、後味の悪さが残る。そういう損な役廻りは、家康にやって貰いたいと、秀忠は平然といってのけたものである。これが律儀な親孝行息子のいうことか。四人のいずれ劣らぬ謀将たちが、茫然として顔を見かわすことしか出来なかったと云う。

秀忠の計画は更に緻密を極めた。妻籠から近江草津に至る三日の間、ただひたすらに思案を重ねて練り上げた計画である。

家康は兼ねてから、武家の棟梁《とうりよう》である征夷《せいい》大将軍の官職を得て、江戸に幕府を開き、天皇の委任によって天下を統治するという計画を持っていた。関白という形で百官を統《す》べて全国を治めるという豊臣秀吉とは、決定的に違った統治方式である。家康が理想としたのは源頼朝の鎌倉幕府だった。

征夷大将軍の官職は、古来源氏の長者でなければ就任出来ないという定めがある。そのため家康は前の年の慶長四年、吉良氏の系図を借りて新田氏の子孫であると称していた。

それ程征夷大将軍に執着していたといえる。

征夷大将軍の職のいい点は、関白と違って、世襲出来るというところにある。家康が狙ったのは正しくその点にある。秀忠もまたそこを狙った。まず贋物《にせもの》の家康を征夷大将軍にしよう。そして二年後に、自分がその職を譲り受ける。家康は一応隠居するが、尚、秀忠を助けて政治に関与する。朝廷における上皇である。いずれ何か適当な名前をつければいい。そして首尾よく秀頼を倒したら死んで貰う。秀忠は冷然とそういい放った。事実、豊臣家滅亡（大坂夏の陣）の翌年、大御所と名付けられた（これが上皇のかわりである）家康は器用に死亡している。或は死亡させられている。秀忠の当初の計画との相違は、それまでになんと十六年もの歳月を必要としたという一点だけだった。

柳生宗矩は関ケ原の恩賞として、家康の当初の約束通り、旧柳生領三千石を貰っている。正確には父石舟斎に二千石、宗矩本人に一千石である。柳生谷に兵を組織することも出来ず、これといった戦功もあげなかったことを思えば、これは破格の処遇といえる。秀忠が宗矩に払った情報料だったことは、明らかである。

其ノ二　慶長十二年正月

征夷大将軍二代徳川秀忠は、激しい焦《い》らだちの中にあった。

関ケ原から六年半の歳月が流れている。

この間、ことはすべて秀忠の計画通りに運んで来たが、なんともその速度が遅い。理由は、家康の替玉となった世良田二郎三郎の、執拗な抵抗にあった。

世良田二郎三郎は元々ささら者の出である。ささら者とは、諸国を流浪し、寺社や祭りの中でささら（竹の先を細かくくだいたもの）をこすりながら、これを伴奏として説経節を語った者たちをいう。『山椒大夫』『小栗判官』などが、この説経節の代表的なものだ。

つまりは中世以来の所謂《いわゆる》『道々の輩《ともがら》』であり、『七道往来人』ともいわれる一所不住の徒、自由な漂泊民だった。彼等は生来『上ナシ』と呼ばれ、主君をもたぬことを生活信条とした自由の民である。その生活信条が二郎三郎を、同じ『上ナシ』を標榜する一向一揆に味方させた。彼は一向宗の信者ではなく、死ねば浄土に行けるなどと一度も考えたことはなかったが、武力を笠に着て常民の生活を支配しようとする侍衆の圧政に抵抗することには、ごく自然に共感出来た。一向一揆は法華一揆とは違って、一宗門の戦いではなく、広く自由の戦いである。だからこそあれだけ激しく、あれだけ執拗に、あれだけ長期間、戦うことが出来た。二郎三郎は三河の一向一揆に始まって、北近江一向一揆、長島一向一揆、越前一向一揆と転戦し、やがて石山本願寺焼亡によって遂に法灯が消える日まで、十六年の長きにわたって休むことなく戦い続けた稀有《けう》の男だった。

老年に至って、三河一向一揆時代の仲間、本多忠勝の口添えで、家康の影武者になったのは、戦いと漂泊の生活に疲れ、絶望したためである。こんな男が家康の替玉になったとは、歴史の皮肉としか云いようがない。

その世良田二郎三郎が、秀忠の意図を悟った。或は本多正信あたりから知ったのかもしれない。どんな男だって、傀儡《かいらい》として操られ、自分の死まで予定された生活を送ることを望む者はいない。まして二郎三郎は本来いくさ人である。それも身一つで戦うことを好む、自由でしぶといいくさ人である。この秀忠の非情極まる計画に対して、猛然と敵意を燃やしたとしても不思議はない。

〈誰が貴様ごとき若僧のいいなりになるか〉

だが二郎三郎には味方が一人もいない。本多正信は旧知の仲であり、秀忠を嫌っていることは明白だったが、徳川家に対しては忠実な家臣である。替玉の二郎三郎に積極的に味方するわけがなかった。

〈味方を作らねばならぬ〉

それには時間が必要だった。秀忠の計画通りに事が運べば、家康＝二郎三郎は一年で征夷大将軍になり、更に二年で職を秀忠に譲る。この間に豊太閤恩顧の大名を、転封移封を繰り返すことで力を削《そ》ぎ、且《か》つ事を起すことの出来ぬ僻遠の地へ追いやってしまう。

二代将軍秀忠の地位は、ほぼ三年で安定するだろう。その時、家康＝二郎三郎が秀頼に最後のいくさを仕掛け、これを滅ぼす。つまり前後六年で二郎三郎の役割は終ることになる。出の終った役者を待つものは、栄誉ある死だけである……。

〈何が栄誉ある死だ。只の汚ならしい暗殺ではないか〉

二郎三郎はこの計画全体をひきのばしにかかった。関ケ原の翌々年、慶長七年二月二十日、朝廷は家康に、源氏の長者に補するという内意を伝えた。つまり征夷大将軍にするということなのだが、二郎三郎はこれを辞退している。辞退の理由は不明である。薩摩の島津家との関係が決着を見ていなかったからではないかという史家もいるが、それほど有力な理由とは思われない。

これは二郎三郎のひきのばし作戦にほかならなかった。征夷大将軍になるのが遅れれば、それだけ秀忠に譲るのも遅れることになり、ひいては栄誉ある死も遅くなる道理である。秀忠はこの辞退にさぞ仰天しただろうと思われる。

翌慶長八年二月十二日、二郎三郎は征夷大将軍に任ぜられたが、今度は約束の二年が来ても秀忠に将軍職を譲り渡す素振りを見せなかった。秀忠はやむなく、慶長十年二月、十万余の大軍をひきいて江戸をたち、当時伏見にいた二郎三郎のもとへ急行した。明らかな恫喝である。二郎三郎は折れ、将軍職を秀忠に譲り、自分は大御所と称した。

この大御所時代を象徴するものは、所謂『二重文書』である。二重文書とは、同一事について発せられた公文書が、家康の署名のものと秀忠の署名のものと二通、しかも殆《ほと》んど同文で存在するのをいう。違っているのは日付だけであり、その日付は、或は家康が先であり、或は秀忠が先である。

家康研究の泰斗《たいと》中村孝也博士の発表では、現存するこの種の二重文書は数十通の多きに達するという。秀忠にとってこれほど強烈ないやがらせがあろうか。そして二郎三郎にとってこれほど明白な延命策があろうか。二重の公文書は、家康があくまで政治をとりしきっていることを世間に明示するものである。家康が隠退したわけではないことを否応《いやおう》なく認識させるものである。しかもこの場合、成りたての新将軍秀忠の公文書より、家康の出す公文書の方が重みをもって扱われるのは自明の理だ。二郎三郎は、家康の権威を維持することで、自分の生命をひきのばそうとしていたわけだ。

本来、家康＝二郎三郎がこの間になすべきことは、秀頼への圧迫策の筈である。秀頼をぎりぎりの瀬戸ぎわまで追いつめ、遂に兵をあげるしかなくする。それしか豊臣家を滅亡させる方法がない。ところが二郎三郎は、秀頼の懐柔に懸命だった。なんとか膝を屈して、徳川家の一大名であることに安んじてくれと、再三再四交渉し、遂には懇願までしている二郎三郎の姿を、私達は容易に歴史の中に読みとることが出来る。淀君《よどぎみ》という異常に誇り高い女性さえいなかったら、この二郎三郎の願いは果たされていたかもしれない。秀頼が自ら徳川家の一大名たることを甘受するといえば、秀忠もこれを討つことは出来ない。討つべき大義名分がない。そして豊臣家がある限り、いつ反徳川の火の手が上がるか分らない。徳川の天下は、いつまでも噴火山上にいる形になる。秀忠から見れば、二郎三郎はみすみす徳川家の不利になる交渉を延々とやっていたことになる。腹を立てない方がおかしかった。

その上、二郎三郎は、この間を縫って蓄財を始めた。それもはした金ではない。慶長八年にイエズス会の宣教師が本国に報告したところによれば、この年、伏見城の金蔵が、貯蔵した金の重みで梁《はり》が折れ、陥落したというほどの金銀である。収入源は各地の金銀山の開発と、海外貿易だった。

金銀山の開発には大久保長安《ちようあん》という異能者を惣代官に抜擢《ばつてき》し、新しい技術、所謂『水銀ながし』（アマルガム法）をとり入れ、それまでに数倍する採掘量を得た。

海外貿易では関ケ原後に初めて対面した英人ウイリアム・アダムスの意見をいれ、従来のポルトガル・スペインの略奪貿易に近い交易法を一新し、新たにイギリスとオランダを交易相手に入れることで、巨額の富を得た。

金が巨大な力の源であることは、今も昔も変りはない。富を握った二郎三郎は新しい側近を集めはじめた。はじめて味方といえる者を持ったのである。本多正信の子、正純。金座の後藤庄三郎。豪商茶屋四郎次郎・亀屋栄任・長谷川藤広。大工頭中井大和《やまと》。旧武田家の代官頭大久保長安。伊奈忠次。僧侶の天海と崇伝。儒者林羅山。英人ウイリアム・アダムス。この多彩な顔ぶれに共通した特徴は、本多正純と伊奈忠次を除く全員が、どこかで中世の『道々の輩』つまりは自由人とつながっていることである。職人・山師・商人・僧・学者、いずれも漂泊の『七道往来人』だった時期を持つ職業であることは、『東北院歌合』をはじめとする各種の『職人尽絵《づくしえ》』に明らかである。

そして当然の事態が起った。いや、起ろうとしていた。今まで一個の傀儡《かいらい》に甘んじて来た世良田二郎三郎が、操り人である秀忠に抵抗し、逆に注文をつけようとしたのである。

二郎三郎の注文は簡単だった。

自分と自分の子供たち、即ち慶長七年以降に生まれた頼将（後の頼宣）と頼房（いずれも母は於万の方）、市姫（母は於梶の方）の助命である。先ず子供たちには、それぞれ家康の実子として、然《しか》るべき処遇を与え、間違っても死を給うなどということのない旨、改めて誓紙を入れて貰いたい。自分個人については、役割の終り次第、異国への船出を許して貰いたい。その際、病死と偽って葬儀をいとなむことは秀忠の自由であるが、出帆の許可については、これまた誓紙が欲しい、というのである。

ことは一見簡単のように見える。だが考えてみると凄《すさ》まじい難題であることが分る。何よりも子供の処遇が問題だった。慶長七年三月、頼将（長福丸）が生れたという報に接した時、秀忠は仰天した。二郎三郎、この年六十歳。六十歳の男に子供が出来るとは秀忠は夢にも思っていなかった。しかも秀忠は江戸にいたため、伏見にいた於万の方の妊娠を知らなかった。二郎三郎が厳しい箝口《かんこう》令を布《し》いたためである。翌慶長八年八月、更に頼房（鶴松）が同じ伏見城で生れた時には、秀忠は怒りのために卒倒しかけた。市姫に至っては、今年即ち慶長十二年正月元旦に駿府で生れている。二郎三郎はなんと六十五歳である。

この三人の子供を生かしておくことは簡単ではない。女の市姫はまだいいとしても、男の子二人が厄介だった。秀忠には既に竹千代、国松という二人の男子がいるから、さし当って後継ぎの不安はない。だが将来、なんらかの理由で本家に子が出来なかった場合、この二人の子が将軍職を継ぐことになるかもしれない。

後世に禍根を遺さず、という。秀忠はこの正月、関ケ原以来陰の腹心として使って来た柳生宗矩《むねのり》に、この二子の始末を命じたところだった。二郎三郎は宗矩の動きを察したのだろうかと、秀忠はうそ寒い気持で思った。二郎三郎が大久保長安の手引きで、旧武田の忍びを警固のために雇っていることは、既に宗矩から報告があった。武田忍者がどれほどの実力を持つものか、秀忠は知らない。それは宗矩の領域である。だがそんなものを雇えるのも金の力だ。二郎三郎にその金の蓄積を許した自分の迂闊《うかつ》さを、秀忠は自分で責めた。

当然のことながら、二郎三郎は注文を出しっ放しにしたわけではない。これが聞き入れられない場合の報復策を用意していた。今日までに至る事実について、一条一条、日時、場所、証人の氏名まで記録した詳細きわまる文書を作成し、その副本を送り届けて来たのである。そして同様の文書を即座に結城秀康・松平忠吉に渡す用意があることを告げた。

これは正確に秀忠の急所を衝《つ》く処置だった。この文書を加藤清正・福島正則のような豊臣家恩顧の武将に渡すというならまだ問題がない。秀忠もこの五年の間に、彼等に対抗するだけの力を養って来ている。徳川家の親藩《しんぱん》と譜代《ふだい》大名が既に全国の要地を抑《おさ》え、たちどころに彼等を抑え込むことの出来る態勢を整えている。だが、相手が秀康と忠吉では話が違う。

秀康は五歳上の兄であり、忠吉は一歳年下の弟である。この文書を読み、秀忠の策謀を知れば、憤然と起《た》って秀忠を糾弾《きゅうだん》するだろう。またそれだけの権利がこの二人にはある。

関ケ原以後の家康が替玉であるということは、秀忠の二代目相続が違法であり、ぺてんであることを示すものである。徳川家にとって、当時いかに家康の生存が必要であったかという事実も、情状酌量の種にはならない。特に徳川家の力が断然他の諸大名を圧するまでに成長した、今の時点では無理である。

三河譜代の重臣の中にも秀忠に不満を持つ者は多い。戦場での槍働きにすぐれた家臣ほどその傾向が強い。秀忠が家康時代の歴戦の武将たちを敬遠し、自分の腹心である若い、従って戦争経験に乏しい文官たちを重用して来た結果である。秀康或は忠吉が、それらの老臣と組んで抗議を起せば、下手をすると内戦になりかねない。そして内戦となった場合、秀忠には彼等に勝てるだけの自信がなかった。

「結城三河守秀康卿は厳威ある御性質なり」と『校合雑記』にある。慶長九年、家康はじめ諸大名を招いて自邸で角力《すもう》興行をした時、秀康の抱え力士追手が前田利長の抱え力士で大剛の誉れ高い順礼を投げとばした。熱狂した群衆は場所柄を忘れてどよめきわたり、奉行人の制止もきかず騒ぎたてたが、起ち上った秀康が左右を屹《きっ》と見渡すと、その凛々《りんりん》たる威風に圧倒され、忽ち満座声を潜《ひそ》め、粛然として静まりかえったという。家康が「今日の見物ある中に、三河守が威厳驚きたり」と称美したとこの書には記されてある。

関ケ原合戦の時も、上杉景勝の抑えに残されるときまると、猛然と家康に抗議し、家康が説得に苦労したという。生来武器を好み士を愛して重用した。だから戦国の遺風を継ぐ武将は残らず秀康贔屓《びいき》で、福島正則の如きはむきつけに「卿若《も》し天下の大事あらば、我れ強く左袒《さたん》せん」と語ったというほどの肩の入れようだった。

松平忠吉も武道のたしなみが深く、その領国清洲《きよす》城の東西南北に町を打たせ、間《けん》数に念を入れ、五町目と十町目とに木を植えさせたという。これは城から大鉄砲（大砲）で正確に敵を射つための工夫である。弓を好み、奨励したので、その家臣からは、天下一の名を取った弓道の達人が前後二回も現れた。近世砲術の元祖といわれた稲富一夢斎を見出して召し抱えたのも、この忠吉である。

秀忠には、およそこの種の逸話がない。どこまでも『治』の人であって、『武』とは縁遠かったわけである。だから兄弟で合戦ということになれば、十に一つも秀忠に勝ち味はなかった。従って、この二人にだけは二郎三郎の作成した文書を渡すわけにはゆかない。といって二郎三郎の要求通りの誓紙を入れたりしては、益々自分の立場を危くするばかりである。なんらかのことが起って真相が曝露《ばくろ》された時、この誓紙は秀忠の陰謀を証明する重要な証拠文献になるからである。

秀忠は窮した。窮したあまり、驚くべき決断を下した。暮夜ひそかに柳生宗矩を江戸城に呼び寄せ、秀康と忠吉の暗殺を命じたのである。大坂城に秀頼がいる限り、まだ家康＝

二郎三郎を殺すわけにはゆかなかった。殺すとしたら、実の兄と弟しかいなかった。

其ノ三　慶長十二年二月

柳生宗矩が七人の配下と共に伏見に入ったのは、二月の下旬である。

関ケ原以来、宗矩は一千石の表扶持《ぶち》のほかに、蔭で莫大な金子《きんす》の給与を秀忠から受け、柳生谷から厳選してつれて来た若者たちの鍛練に専念して来た。それは正統新陰流の剣の鍛練ではない。柳生家が古来伝承して来た忍法と刀法の徹底した訓練である。それは一対一の決闘の剣ではなく、衆をもって個を斃《たお》す殺法であり、他家に潜入して家族ことごとくを殺す暗殺と虐殺の法だった。だからこの鍛練では、個々の剣技の向上よりも、他との連《れん》繫《けい》の方が重視される。敢《あえ》て自分の身を刺させ、素手で相手の刀を握りしめて武器を奪い、或は相手を抱きしめて動かさず、仲間にその相手を斬殺させるのが、この連繫殺法の極意である。

今、伏見につれて来た七人は、いずれもこの恐るべき殺法に習熟した剣士ばかりだった。宗矩自身でさえ、この七人に囲まれては、生きのびることは覚束《おぼつか》ない、と思われるほどの手練《てだれ》である。

死を見ること帰するが如し、とは古来勇者の形容だが、その意味で兵法者は勇者ではない。自分は無傷のまま相手を斃すのが兵法者である。それでなくて、何のために兵法を学ぶか。だから近世における最上の勇者は、一向一揆における門徒衆だった。

彼等は死ねば、この苦労だらけの娑婆《しゃば》を離れ、浄土へゆけると信じている。生きているより、死んだ方が倖せなのである。死を見ること帰するが如しではなく、理想郷を見るのである。だからこそ、門徒衆の突撃の前に、武士は逃げまどったのである。だが柳生谷の若者たちは、門徒衆ではない。彼岸に理想郷があると信じさせるわけにはゆかない。宗矩は家への執着心を刺戟《しげき》することで、この浄土の観念に替えた。戦いの中で死んだ者の家は必ずとりたてて武士にするというのである。

若者たちの多くは百姓であり、せいぜいが郷士である。何の働きがなくとも一生禄米を与えられる武士の身分は、まさに浄土に匹敵した。自分が死ねば、子供が、或は弟が、一生くいぶちの心配のない武士になれる。その思いが彼等を駆って、欣然《きんぜん》と死へ赴《おもむ》かせた。

石舟斎は宗矩のほどこしている鍛錬の実相を知って慄然《りつぜん》としたが、既に二代将軍秀忠の剣法指南役の地位についていた宗矩を斬ることは出来なかった。現に貰っている二千石の采邑《さいゆう》も宗矩に負うものなのである。慶長八年、正統新陰流第三世の道統を、二十六歳になった孫の兵介にさずけ、伊予守長巌《ながよし》と名乗らせたのが、石舟斎のせめてもの慰めといえた。

その兵介改め柳生伊予が、同じこの二月、伏見に来ていたことを、宗矩はまだ知らない。

兵介こと柳生伊予守長厳は、慶長八年正月、肥後の加藤清正の家臣になっている。表高は五百石、内高三千石といわれた。その年の八月、肥後山手に百姓一揆が起きた。禁止された切支丹宗徒の後押しをひそかに受けた一揆だったと云う。伊藤長門守光兼が軍勢をつれて鎮定に向ったが、六日七夜をすぎて尚平定出来ずにいた。一揆勢は高原郷に柵をはりめぐらせ、必死の陣を張っていた。清正は業を煮やし、兵介を助人に送った。

柳生谷からつれて来た十人足らずの腹心をひきつれて、夜半に人立山《じんたつせん》の伊藤長門の本陣を訪れた兵介は、そこに信ずべからざる光景を見た。伊藤長門が敵である筈の一揆の主謀者数人と謀議を開いていたのである。

伊藤長門は切支丹武士だった。だからなんとか穏やかな形でこの一揆を終息させようと懸命に努力していたのだが、もとより兵介が知るわけがない。兵介は語気鋭く長門を問いつめた。窮した長門が兵介を斬ろうとしたのが間違いだった。長門が剣の手練だったことも、不幸の一つだった。斬人の法を第二の本能になるまで練磨しつくしていた兵介の剣が、一瞬早く長門を斃《たお》していたのである。兵介にとってこれは初めての殺人だった。

兵介は一揆の主謀者たちを斬り、そのまま僅かな腹心と共に高原郷に夜襲をかけた。これは兵介にとって、一生忘れることの出来ない戦闘になった。一揆勢は数こそ兵介たちの数十倍を数えたが、なんの兵法もわきまえぬ只の百姓だった。当時の百姓が、否応なく戦場に狩り出され、いくさ働きに慣れているといっても、十数年の歳月を兵法一筋にうちこんで来た兵介たちに太刀打ち出来るわけがない。戦闘のプロとアマチュアの相違である。戦闘はいきおい皆殺し《ジェノサイド》の様相をとった。

血に酔う、という言葉がある。確かに人血には人を酔わせる効果があるのかもしれない。兵介はまるで天界に遊んでいるようないい気分で、果てしなく人を斬った。理非の分別などとうに消しとんでいる。相手が武器を持っているか、素手であるかなど考える暇もなかった。いや、男か女か、大人か子供かさえ分らなかった。自分の前に立つ者ことごとくに、ただただ剣をふるった。相手の武器が迫って来る場所が、事前にまるで痛みのように感じられ、無意識に身体をくねらせてそれを避け、反射的に刃をふるった。

黎明《れいめい》が来た。

兵介は高原郷の真中に、呆《ほう》けたように立っていた。身には一創《そう》もない。村のそこかしこに、腹心の柳生者が、同じように茫々然と立ちつくしている様が見られた。立っているのはそれだけだった。自分と配下の柳生者以外に、この大地に立っている者は一人もいない。

　次の瞬間、その大地が見えた。ほとんど足の踏み場もないほど、びっしり地表を埋めつくした屍体《したい》が見えた。首のない屍体、両腕のない屍体がある。白刃を握ったためであろう、指をすべて失った手がある。一本だけ立っている脚がある。若者も老人もいた。腹の大きな妊婦も、老婆もいる。三歳ばかりの女の子までいた。声を発する者はない。死者の静寂がこの村を蔽っていた。

　早朝の冷たい風が、兵介の血の酔いを醒《さ》ました。

〈おれは何をしたんだ〉

　慄えは手の先から来た。指が木の葉のように震え、陣刀が落ちた。その音もきこえない。落ちたのが屍体の上だったからである。やがて腕が、脚が震え、遂に全身に及んだ。膝が折れ、がっくり崩れた。十二、三の女の子の屍体の上だった。胴切りになった腹から、腸がとび出している。そこだけ異様なほど白い股間《こかん》に、僅かに薄い叢《くさむら》があった。兵介はその叢を摑んだ。

〈動けよ。おい。動いてくれよ〉

　むしりとらんばかりの力で、その薄い叢を動かしたが、女の子はぴくりともしない。

〈おれは一体、なにをしてしまったんだ〉

　せめて泣きたかった。だが乾いた頰に、一筋の涙も流れはしなかった。

〈おれには涙を流す資格もない〉

兵介はそのまま肥後を後にして、まっすぐに柳生の里へ戻った。

兵介は剣を棄てたように見えた。

柳生谷に戻っても、石舟斎にさえ一言も口をきかず、一室に籠《こも》ったきりである。道場に出ることもない。

兵介を理解したのは、意外にも石舟斎ではなく、父の新次郎厳勝《よしかつ》だった。戦場でのいくさ働きの数は、新次郎の方が多く、戦場における地獄の様相も知悉《ちしつ》していたからである。今度だけは新次郎は石舟斎に一切《いっさい》口をはさませなかった。加藤清正に対する謝罪だけを石舟斎にまかせ、兵介にぴったりついて離れない。といって話をするわけではない。ただ三歳の赤児に対する如く、身のまわりの世話をするだけである。食事の支度も、誰にもさせない。自分が兵介の前で煮炊きをしてたべさせる。髪をくしけずるのも新次郎、髭《ひげ》を剃《そ》るのも新次郎だった。

半年が過ぎた。

兵介について肥後に赴いた者のうち、一人が失踪し、三人が狂った。

兵介は依然として口を開かず、新次郎もまた一言も発しない。兵介は家に籠るのを嫌い、終日野山を歩くようになった。遂にはそのまま野山で眠り、家に帰らなくなった。新次郎も同様に野山で眠り、山川の獲物をとっては兵介に喰わせた。

そして遂にその日が来た。

春だった。一面に名もなき花の咲き乱れた花野に、兵介は立っていた。眼が異様だった。兵介にはその花野が、屍《しかばね》で埋まった高原郷の村と映った。赤は血であり、白は女の肌だった。そして緑は屍体すべての顔色である。

「わッ」

凄まじい叫喚《きょうかん》が、兵介の咽喉《のど》から発せられ、次の瞬間、兵介は花野の中に倒れ、指で土をかきむしっていた。

「わっ。わっ。わっ」

指は花をむしり、草をひき抜き、土をえぐった。花が、葉が、土が虚空《こくう》に散乱する。それが悉く《ことごと》屍体の腕に、首に、臓腑に映った。

新次郎は無言で凝視している。彼には、兵介の見ている物が見えない。だが推測はついた。このまま狂うかもしれぬ、とも思った。それでも動かなかった。狂気もまた一個の救いであることを、新次郎は知っている。それで救われるのなら……やむをえないと思っていたのだ。

四半刻《とき》も兵介の狂態は続いた。

やがておとなしくなった。

死んだように倒れて、また四半刻が過ぎた。

不意に口が動いた。

「修羅だったよ」

新次郎は兵介のそばに曲った腰をおろした。

「あれは、まったくこの世の修羅だったよ、おやじ」

噎《むせ》ぶように兵介が云った。

「分っている」

「分ってるって。おやじに分っているって」

兵介ははね起きて云った。野獣の素早さであり、激しい怒りの眼だった。

「嘘だッ」

「嘘じゃない。おれも見たよ」

「嘘だッ。おやじは生きてるじゃないかッ」

「それは……」

新次郎は憐れむように兵介を見た。

「おれはその中にいたからさ」

「なんだって」

「死人《しびと》の中にだよ。おれは倒れて、死人の中にいたんだ。大方、死人と変りはなかった」

「…………」

「腰をくだかれてね、身動きひとつ出来なかった。お前のように、立って見おろしていたんじゃなかった」

兵介が妙な声を出したと思ったら、泣きだした。高原郷で遂に訪れてくれることのなかった涙が、今、兵介の頬をさめざめと濡らしている。

「おれはその時、修羅の中にいるとは思わなかった」

暫くの無言の後に、新次郎がぽつんと云った。

兵介が新次郎を見上げた。新次郎の眼は虚空を見ている。

「おれはね、まさしく仏たちの中にいたよ」

長い沈黙があった。

「だから生きてるんだろうな、今でも」

新次郎の声はききとれないほど幽《かす》かだった。

兵介は旅に出た。

それは廻国《かいこく》武者修行というようなものではなかった。どこの道場に立寄ることもなかったし、木刀もひきはだしないも握ったことがない。まして真剣を抜くことなど皆無だった。それはただの漂泊だった。自然と季節の中に自分を埋没させてしまうことしか心にない、太古《たいこ》からの漂泊だった。何らかの道を求めるための旅でもない。修養のための旅でもない。忘れるための旅でもなかった。ただ歩き、ただ流れた。

高原郷でのことが、忘れられるわけがなかった。いくら歩いても、いくら流れても、兵介は常に高原郷にいた。己の剣が切り裂いた、累々たる屍の中にいた。慣れることも出来なかった。屍体の中の光景に慣れることは不可能である。その光景は、いつまでたっても、生々しく、おぞましく、たとえようのない痛みを伴って兵介の眼前にあった。その光景を忘れたいとは微塵も思っていない。忘れるようでは、人間ではないと、どこかで思っている。常住、痛みの中にあることこそ、生きていることのしるしではないか。

三年の歳月が、漂泊の中に過ぎた。

時がうつろうという感覚が、兵介の中にはない。ただ、いつの頃からか、兵介は花を供《く》養《よう》するのが習慣になった。路傍の花が、しおれていたり、つぶされていたりすると、たまらなかった。なんとか無事に生き永らえられるように懸命に手当し、栄養をやり、移し替えてやった。それを花の『世話』ではなく『供養』と感じたという点が常人とは違っていた。あの春の日の花野の感触は今でもある。花に感じる恐怖は消えることなく残っていた。或は、それだからこそ、花を供養せずにいられなかったのかもしれない。

遥か後年、尾張藩剣法指南役になった時、兵介（その頃は柳生兵庫助利厳《としよし》と名乗っていた）の屋敷は、常に花に満ちていたと云う。人は剣士の風雅といい、武人のたしなみと云ったが、花は兵介にとってそんな余裕のあるものではなかった。常に花の中にいることは、常に高原郷に、屍体の中にいることだったのである。


柳生宗矩が伏見に来た理由は、勿論、結城秀康暗殺のためである。

秀忠は、秀康と忠吉の暗殺を同時に果たすようにと厳しく命じた。間をおけば必ず気づかれ、警戒の処置をとられる。秀康・忠吉いずれの順で殺しても、世良田二郎三郎は秀忠の仕業《しわざ》と見抜く筈である。見抜けば、間髪をいれず、生き残った一人に真相を告げるだろう。例の文書が渡されることになる。その時、天下に何が起るか。秀忠にとっては、予測もしたくないことの筈だ。だから断じて、この二人を同時に暗殺せねばならぬ。それは秀忠の妄執といってよかった。

宗矩は承知した。宗矩にとって、暗殺は初めての仕事ではない。先ず、関ケ原の二年後、慶長七年に井伊直政を殺している。松平忠吉の舅に当る直政は、家康が替玉であることをいつまでも忠吉に告げずにいることに耐えられなくなった。或日、秀忠のところに来て、正直にその気持を語り、忠吉に真相を告げる許しを乞うたのである。それに対する秀忠の返事が暗殺だった。忠吉に家康替玉の真相を知られた時の危険は、今回と同様であり、秀忠としては刺客としての柳生宗矩の腕を試してみたいこともあったのである。

次いで六年後の去年、即ち慶長十一年五月、宗矩は館林の居城で、榊原康政を暗殺した。康政は元々秀忠付きだった武将である。裏切って大事を洩らす男ではなかったのだが、悪いことに替玉の家康にいつまでも臣従の礼をとっているのがいやになって来たらしい。そういう潔癖《けっぺき》な人柄だった。五十九歳で病いを得てからは、一層その傾向が強くなり、まさに一触即発の感じになってしまった。『武家事記』という古本にこの辺の康政の心情を伝える記述がある。

『康政病中ニ源君（家康のこと）ヨリ上使来ル時ハ、蒲団ノ上ヲモ下《お》リズシテ、腸ガ腐リテヤガテ死スルト言上アレト云イ、秀忠公ヨリノ上使ニハ、蒲団ヲ下リテ、上ニ礼服ヲ粧《よそお》テ陳謝ス』

史家は、これを康政らしからぬ所伝だというが、この時の家康が実は世良田二郎三郎だったとしたら、充分うなずける行為ではないか。秀忠から見れば、こんなぶっそうな状態にある康政を放置しておくことは出来ない。それが暗殺の理由である。

この二件とも暗殺という事実は伏せられ、公けには病死ということになっている。二人とも居城で殺されたためだ。居城で暗殺されたということは、その藩の武辺不覚悟、つまり警固の悪さを指摘されることになり、最悪の場合、その家はとり潰される惧《おそ》れがある。それを恐れた重臣たちが、病死にとりつくろったのである。

宗矩はこの二度の仕事で、暗殺に自信を持った。なによりも苦労して育て上げた部下の力量に安心していた。無理難題ともいえる秀忠の命令を、簡単に引き受けたのは、そのためである。

正直にいって、当初はたかをくくっていたところもある。忠吉の居城は清洲であり、秀康はこの頃、領国である越前よりも伏見にいる方が多かった。清洲と伏見なら、たいした距離ではない。せいぜい一日おくれで事は片づく。宗矩はそう読んでいた。ところが思わぬ手ちがいが起った。忠吉が正月二十日に清洲を発し、二月六日に江戸に着いたところで発病したのである。江戸と伏見では、同時暗殺は不可能というしかない。やむなく忠吉暗殺の方は、門弟筆頭の木村助九郎に委せることになった。暗殺の日時は、秀康は二月末日、忠吉は三月二日ときめられた。この順序は秀忠にとって、秀康の方が忠吉よりも恐ろしかったということを示すものである。

秀康は、暗殺者にとっては楽な相手だった。性剛毅《ごうき》であるだけに、不用心なのである。関ケ原以来いくさもなく、大坂城の秀頼はひそかに秀康を頼りにしていたという風説さえある。秀康が嘗《かつ》て太閤の養子だったことから、形の上では秀頼と兄弟ということになるわけだし、何よりも秀康の父家康嫌いが一般に知られていたためだろうと思う。従って大坂方の刺客が秀康を襲うなどという事態は、考えられぬことだった。警固に気を使わなくてもいいほど安全な身の上だったのである。

その上、秀康は傍若無人の男である。

慶長九年九月、越前宰相として初めて江戸城に登った時（この時秀忠はなんと品川まで出迎えに行っている）、『下馬』の札を無視して乗物のまま本丸の門内に入った。明らかな規則違犯であるが、秀忠が黙認したため、これは次の忠直の代まで恒例となり、世人は朱雀門のことを『越前下馬』と呼ぶようになったという逸話さえある。

供《とも》の者をすっぽかして、さっさと単独行動をとるくらいは朝飯前だった。現に、同じ慶長九年、江戸城内で供の者を待たず、宿舎だった二の丸へ帰ってしまったことがある。供頭《がしら》は危く切腹するところだったが、秀康の一喝で思いとどまったという。だから家臣の方も慣れてしまって、秀康が突然一騎がけで屋敷をとび出していっても、また始ったくらいにしか思っていない。慌てるのはごく側近の近習数名だけだった。

この日もそうだった。雪もよいのまだ六ツ（午前六時）にもならない早朝。秀康は門をあけさせ、ちらちらと降り始めた雪の中を馬でとび出して行った。五人の近習が、例によって慌てふためいて後を追ってゆく。門番たちはくすくす笑いながら見送った。殿様が元気のいいというのは、いい事である。

秀康は淀川ぞいに馬を走らせた。ようやく勢いを増して来た雪が容赦《ようしゃ》なく顔を叩く。風は凍るようだった。近習たちが白い息を吐きながら、やっと追いついて来た。秀康はわざと街道を離れ、川っぷちの雪で化粧した枯蘆《かれあし》の中に踏みこんだ。馬の下手な若い近習たちを困らせるためである。

凍った湿地に足をとられるのか、馬が進みにくそうだった。秀康は人間より馬に対して優しい。

手綱をしぼりながら、馬の首を叩こうとして前のめりになった。

その瞬間、ことが起った。

突然、馬の前脚ががくりと折れ、秀康は前のめりの形のまま、前方に放り出された。咄《とっ》嗟《さ》に身をひねったので、頭を打つまでには至らなかったが、尻は雪と湿地の中に半ば埋まっている。それでも手綱を放さなかったのは流石《さすが》である。どうしたんだい。そう馬に呼びかけようとして、その首に半弓の矢が一本、つき立っているのに気づいた。いや、胸にももう一本。馬は倒れた時、既に死んでいた。

わあッという喚声に眼を上げると、土堤をこちらへ降りて来かけていた五人の近習が、それぞれ馬から放り出されるところだった。いずれの馬も矢をうけている。

更に眼を上げると、街道に馬をとめた八人の武士の姿があった。いずれも編笠《あみがさ》をかぶってはいるが、どこかの藩士らしいきちんとした身なりである。そのうち三人が半弓を握っていた。

〈何を間違ったのだ、馬鹿者めら〉

この期《ご》に及んでも、秀康は自分が狙われたとは思っていない。

これは、と思ったのは、恐らく抗議にいったのだろう近習二人が、口を開く間もなく馬上から斬り下げられた時である。斬ったのは、中央に立ったやや年嵩《としかさ》の武士だ。これが宗矩だったが、秀康は知らない。

残り三人の近習も、ようやく異変を感じたらしい。泥を頭のてっぺんまではね返しながら、秀康の方へ走って来た。殿様を守る気でいる。

八人がゆっくり、馬上のまま土堤を降りて来た。八人とも落着き払っている。そのくせ、ここからでも分るほど殺気に満ちていた。土堤を降りると自然に拡がり、秀康たちを半円形に囲むように馬を進めて来た。やがて、同時にぴたりと馬をとめた。誰が見ても余程の鍛錬を積んだ剛の者たちである。声をかけ合うこともなく、こうも一糸乱れぬ動きが出来るのがその証拠といえた。

八人が馬から降りた。これもぴたりと揃っている。

「無礼者。笠をとれ」

秀康が怒鳴った。近習三人は、この見事に統制のとれた武士団の動きに気を奪われて、声も出せずにいた。

八人がまた揃って、編笠をぬぎ、うしろに放った。宗矩が初めて口を開いた。

「結城宰相秀康公とお見うけ致す」

「いかにも。秀康である」

秀康は、一人一人の顔を胸に刻みつけながら応えた。若い。七人までが恐らく二十代だろう。今、口をきいた男だけが三十五、六か。これが棟梁《とうりよう》だろうと思われた。

「お主たち、何者だ」

「豊臣秀頼公恩顧の者どもでござる。豊家の御ため、みしるし頂戴つかまつる」

これは秀忠に命じられた台詞《せりふ》である。暗殺の場を選ぶゆとりがないとすれば、当然目撃者が居る可能性がある。その者たちに聞かせるための台詞だった。あわよくば、その暗殺を種に、大坂方と事を構えるもくろみが、秀忠にはある。これを契機にして大坂方と決戦になれば、まさに一石二鳥である。この時すでに徳川軍団の実力は、豊臣家を遥かに凌駕《りようが》している。合戦となれば勝利は確実だった。しかも『兄の弔《とむら》い合戦』という二つとない名分のもとのいくさである。

「馬鹿を申すなッ。秀頼殿が余を討たれるわけがないッ」

宗矩は憐れむように首を一つ振っただけである。無言で抜刀した。七人も揃って抜刀し、ひたひたと間合をつめて来た。

近習三人はやっと我に返り、罵声《ばせい》を発して迎撃の剣を抜いた。いずれも若く、合戦の経験はない。

〈こりゃあ死ぬな〉

自分も剣を抜きながら、秀康は思った。

〈それにしても、こいつら、何者か〉

だが、思案を続ける暇はなかった。

七人の輪が縮まった、と見る間に、三人の近習が同時に斬られた。これもまた見事な同時攻撃だった。二人の近習には一人宛二太刀ずつ、最も腕のたつ近習には三太刀の斬撃が、それぞれ違った部位に同時に送られたのである。一人は左脚を切断された上に左袈裟に斬って落とされ、一人は腕一本、脚一本を切断された上で首をとばされた。

七人の剣が、静かに秀康に向けられた。雪が激しくなって来ている。秀康は眉毛の雪を片手で払った。

〈馬が欲しい〉

痛切にそう思った。この手練《てだれ》たちの輪を破ることは到底不可能かもしれないが、せめて武将らしく馬上で死にたかった。

宗矩が前に出て、手をふって七人を下らせた。貴人に対する、せめてもの礼である。

「ご無礼つかまつる」

降りしきる雪の中に、ゆっくり剣尖《けんせん》が上っていった。

秀康とて、戦場を疾駆した男である。このまま討たれるつもりはない。大刀を眼の高さに真っすぐにあげた。相手の腕が動いた瞬間に、真一文字につっこむつもりでいる。上段からの打ちを防ぎつつ、敵の胸板を突き通す捨て身の構えだった。

宗矩が微《かす》かに笑った。

〈なかなかやる〉

刀を振りおろす速度は修練のものである。だが突きの速さは天性のものだ。秀康はその天性の速さをもっているのではないかと、宗矩は思った。秀康、この時三十四歳。まだまだ足腰も強靭《きょうじん》で敏捷《びんしょう》さを失ってはいない。

〈だが所詮、戦場の剣だ〉

戦場では鎧兜に身を包んでいる。だから、斬よりも刺がまさる。だが今の秀康に鎧兜はない。捨て身の刺突《しとつ》を守ってくれる防具がないのだ。秀康の剣がこちらに届く前に、その頭は切り裂かれている筈だった。

無造作に宗矩は振りおろした。いや、振りおろそうとした。その一瞬、何か白い危険なものが目前に降って来た。文字通り、雪片と共に天から降って来たのである。

「おッ」

本能的にうしろに跳びながら、その白いものを払った。チーン。鋭い鋼《はがね》の響きが起きた。それは脇差だった。はねられて、枯蘆の中につき立ったその脇差を宗矩ははっきりと見た。その瞬間に秀康の刺突が来た。かわしたが、僅かに肩先を貫かれた。宗矩が咄嗟に背後を見たためである。

天から脇差が降って来る筈がない。何者かが投げたのだ。それを確かめるために、一瞬ふりむいたのが隙をつくった。だが宗矩はその時、恐ろしい速さで土堤を走りおりて来る編笠をかぶった武士の姿を、はっきりと認めている。

〈邪魔が入った〉

もっとも別段気にかけるほどのことではない。背後には七人の部下がいる。余程の手練でも、この七人にかなうわけがない。ただ急がねばならなかった。

宗矩は枯蘆を蹴って一気に間境いを越えると、身を沈めながら一刀を送った。秀康が倒れた。左脚を大腿部のところから切断されている。

宗矩の第二撃目は斜め横に払われた。秀康の首を狙ったのである。

二回目の邪魔が入ったのは、その時だった。金属音と共に、その刀がはじき返された。堤《つつみ》をかけおりて来た武士が横合からはねのけたのである。まだ編笠をかぶっている。

〈こいつ、どうして……〉

かすかに痺《しび》れた手で刀を持ち直しながら、宗矩は身体を開いて、背後が見えるようにした。

「…………」

宗矩は信ずべからざる光景を見た。頼みとも誇りともした七人の門弟が、ことごとく地に這《は》って動かないのである。想像だに出来ぬ光景だった。今の世に、あの羅刹《らせつ》のような七人を、一瞬で斬り伏せる力を持つ剣士がいたのか。

続いて宗矩を驚愕させる事態が起った。武士が編笠をぬぎながら云った。

「叔父上。どういうことですか、これは」

武士は兵介だった。

前年、慶長十一年四月十九日の暁《あ》け方、柳生石舟斎は七十八歳でこの世を去った。兵介は放浪先で石舟斎の病い重しと聞いて、急遽《きゆうきよ》柳生の里に帰った。石舟斎は病軀を押して、道場に降り、兵介に最後の伝授をした。とても命旦夕《たんせき》に迫った人間の動きではなかった。己れの創案になる新陰流の秘伝を悉く伝え終えると、

「終った」

と一言いって、床に戻った。それきり立つことが出来ず、黎明を待つようにして、息をひきとった。

新次郎厳勝《よしかつ》は、葬儀の支度を人に委せ、兵介と道場に籠った。石舟斎の口伝の仕上げをするためである。否も応もなかった。三年手にとることなく、出来れば以後一生とりたくないと思っていたひきはだしないを、兵介は無理矢理握らされ、無理矢理、いくつもの型を反復させられた。

不思議なことに身体は前よりも軽く動いた。太刀行きも、昔より速くなっているような気がする。何よりも、一つ一つの技の呼吸が、まるで長い潜《もぐ》りの末、水面に出て空気を吸い込んだように、自然にのみこめた。だがまだかすかな反撥があった。

〈こんなことをして、何になるんだ〉

高原郷の光景が目前をよぎる。

新次郎が兵介の思念を読みとったかのように叫んだ。

「だからこそやるんだ」

兵介が恐らく不信の目で見返したのであろう。新次郎は不意に優しい口調になった。

「だからこそ、何人も及ばぬ術を身につけなければいけないのだよ」

云っていることは分らなかったが、父の優しさだけは胸に響いた。

「分らなくていい。だがわしも見たことを忘れるな」

兵介は無言でうなずき、ひきはだしないをとり直した。

将軍家剣法指南役柳生宗矩は、遂に葬儀にも姿を見せなかった。

そして十ヵ月の道場ごもりの末、ようやく柳生谷を出て来た兵介が、最初に見たものが、その宗矩の姿だったのである。

宗矩は狼狽《ろうばい》していた。「叔父上」という言葉が、痛みにつき刺さった矢のように感じられた。

〈なんという馬鹿だ〉

だが怒る前にすまさねばならぬ仕事があった。秀康にとどめを刺さなければならない。

兵介を無視して、秀康に近づこうとした。

兵介がその前に立ち塞がった。

「越前宰相秀康公ですね」

この馬鹿は、また名前をいう。

「どけ」

「なんのために秀康卿を……」

宗矩は刀を下げた。『無形の位』である。兵介を斬るつもりでいる。こいつはあの七人を倒した……。その思いがちらりと胸を掠《かす》めた。あれから六年の歳月が流れている。折角《せっかく》くるぶしを砕いてやったのに、見たところ足を曳きずっている様子もない。こいつの運がいいのか、自分の打ちが弱かったのか。加藤清正に仕官して手柄を立てたときいたが……。宗矩はじりっと間をつめた。

兵介は宗矩が自分を斬ろうとしていることに気づいた。奇妙に左足がうずく。永年痛んだことのないくるぶしである。嘗《かつ》て砕かれたくるぶしが、兵介とはかかわりなく、宗矩をおぼえているようだった。あの時、父の手当がなかったら、左足は使えなくなっていた筈である。父は自身がひどい傷を負った経験から、なまなかの医者など足もとにも及ばぬほど、外科の術に達していた。薬草の智識も豊富で、結局それが兵介を救ってくれた。だがあの時の宗矩の憎しみは何だったのだろうと、後々まで兵介は思った。深い屈辱の念と共に思った。考えれば考えるほど、恐ろしい剣だった。斬ろうと思えば、どこでも斬れた筈である。簡単にあしらって剣をとばすことも出来ただろう。それをわざわざくるぶしを狙った。あの悪意は一体何だったのか。父に対するいやがらせとしか思えなかった。だが何故そんないやがらせをしなければならなかったのか。

兵介がまったく無意識に同じ『無形の位』をとっているのを宗矩は見た。あの時と同じである。まるで馬鹿の一つおぼえだ。だが、背後の七人をあれほどの速さで倒した男を、嘲《あざけ》っているわけにはゆかなかった。異常なほどに術の速さが増しているに違いなかった。もうけれんはきかない。術の速さには、同じ術の速さで対するしかない。速さについては、宗矩にも自信があった。『無形の位』のまま宗矩は足を自然に進め、間境いを越えようとした。

その時、兵介が思いもかけぬ仕草をした。悲しげにちらりと微笑《わら》うと、刀をぱちんと鞘におさめてしまったのである。

〈馬鹿か〉

宗矩は一瞬の躊《ため》いもなく、すり上げの斬撃を送った。宗矩の所作には一瞬の遅滞《ちたい》もなかった筈だったが、一瞬虚をつかれたことは確かである。その虚が所作に微妙なおくれをもたらしたのかもしれない。気がついた時は、ふりおろした両腕を抑えられていた。同時に兵介の右手の掌底《たなそこ》が、強く宗矩の心臓を突いた。宗矩は仰《あお》のけに激しく倒れた。刀は奪われている。

「無、無刀取り……」

瞬間に、驚愕の表情で宗矩が叫んだ。更に声を発しようとしたが、出来ない。呼吸《いき》がつまって、今にも気を失いそうだった。意地でその苦しさに耐えた。兵介が首を横にふっているのが見える。

「知りません」

相変らず悲しそうな顔で兵介が云う。

「刀を使いたくなかっただけなんです」

嘘ではなかった。兵介は眼前にまたしても高原郷を見たのである。一瞬に剣気が去った。

〈またおれは刀を使っている〉

激しい嫌忌《けんき》感が襲った。半ば無意識に刀を鞘におさめた。もとより兵介はその意味を心得ている。これは自分が斬られるということなのだ。仕方がない、と兵介は思った。ちらりと、父親がいったように、屍体の山の中に倒れている自分が見えた。そこには立っていた時と同じ光景があった。切り裂かれた四肢。砕かれた頭蓋。露出したはらわた。そして夥《おびただ》しい血。どこもかしこも血の海だった。だが、どこかが変っていた。どこかひどく安らかな気分だった。屍が逆に自分を安心させてくれている。父がいったように、それは仏たちに似ていた。胸が開けた。自分は仏の中にいる。

兵介は以後のことを覚えていない。宗矩の腕を抑えたのも、胸をつき、刀を奪ったのも知らない。気がついた時、宗矩は倒れていた。それだけのことだった。実は兵介は宗矩の部下七人を同じやり方で倒している。ただこの時は初めから剣を抜いていない。兵介の眼には彼等の動きがひどく緩慢《かんまん》に見えた。だから自然に一足先に間境いを越え、剣の降って来る遥か以前に急所をついて倒した。充分の余裕がそれを可能にさせた。だが宗矩の時は違う。余裕などあるわけがなかった。だから死んだ。生きているのは、ただただ不思議のなせるわざである。

「だから生きてるんだろうな、今でも」

あの花野でおやじの最後に云った言葉が、不意に甦《よみがえ》って来た。

〈おやじも、間違いなく修羅を見たんだ〉

兵介は初めて心の底から、新次郎の言葉を信じた。

兵介は奪った宗矩の刀を遠くに放って、秀康の足もとに蹲《うずくま》った。切断された大腿部から激しく出血している。兵介は裂いた手拭いでぎりぎりと縛り上げて血脈をとめた。左肩にかつぎあげて立った。

〈生命《いのち》は拾うかもしれない〉

かなりの失血だが、秀康はまだ若い。脚をなくしても生きることは出来る。まだ気を失っているものと信じていたので倒れている宗矩の横を通り抜けようとした。

突然、横殴りの剣が来た。脇差だったのが辛《かろ》うじて兵介を救った。うしろへ跳んだが、秀康をかついだままだったので跳びきれず、尻餅をついた。秀康はまだ無事に肩の上に乗っている。

宗矩がはね起きた。考えられない強靱さだった。無言のまま、脇差をふりおろして来た。この剣はかわしようがなかった。兵介は、いつ自分が剣を抜いたかおぼえていない。宗矩の脇差をさけようとして身体をひねった。同時に剣が抜かれていた。剣は、宗矩の左脚の脛《すね》を充分に薙《な》いでいた。脛が切断され、宗矩は横ざまに倒れた。

兵介は謝罪の言葉を発しようとしてやめた。口をきくのがいやになっていた。邪悪という言葉を思った。叔父上は邪悪だ。そうとしかいいようがなかった。叔父を斬ったことに、なんの心の痛みもなかった。

〈やっぱり脚だった〉

転がっている宗矩の脛を見て、なんとなくそう思った。

柳生宗矩が、以後、木製の義足を使用するようになったのは、知る人ぞ知る柳生家の秘事である。


結城宰相秀康は、慶長十二年三月一日、まったく突然に伏見を発って、越前北ノ庄（現福井市）に帰った。理由は不明である。

そして松平忠吉は、同年三月五日、清洲への帰途、芝浦に到ったところで死んだ。死因は瘡毒《そうどく》とある。瘡毒とは今日のいう梅毒である。いかに当時の梅毒が、今日とちがって顕在性（潜伏期が短い）のものであったとしても、二十八歳の若者が梅毒で死ぬものだろうか。しかも忠吉は妻もなく、生れつきその種の女性との交渉など考えにくい身分にいた人物なのである。木村助九郎が見事に仕事を果したということであろう。

結城秀康は北ノ庄で、この年の閏《うるう》四月八日の夜に死んでいる。この死因もまた瘡毒とされている。結局、宗矩による傷の悪化が生命とりになったのである。家臣たちが暗殺の事実を隠した理由は、井伊直政、榊原康政の場合と同様である。

秀康は病中に、当時城内に客となっていた兵法者たちを集め、『無刀取り』について訊《たず》ねている。兵法者たちは一人を除いて、この術を知らなかった。その一人はタイ捨《しや》流の者だったが、それも往昔《おうじやく》上泉伊勢守秀綱が、無刀取りを研究したがどうしても工夫がつかず、柳生石舟斎宗厳に引きつづき工夫するように命じたらしい、ということしか知らなかった。

「柳生か」

秀康は一言そういっただけだったと云う。そして、死に臨んで、徳川家代々の定め通り浄土宗の菩提寺ではなく、結城家の菩提寺である孝顕寺に葬れと命じた。家臣が意見をしたが、頑としてききいれなかった。最後に、

「秀忠め」

そういって息絶えたという。年わずかに三十四。

家臣たちは遺言通り秀康の骸《なきがら》を孝顕寺に葬り、『孝顕寺殿前三品黄門吹毛月珊大居士』の諡《おくりな》を贈った。

家康は烈火の如く怒り、墓をあばき、改めて浄土宗の寺に改葬し、

『浄光院殿前黄門森厳道慰運正大居士』

と諡したと云う。徳川家の一族で、二つの戒名を持った者は、秀康しかいない。秀忠が世良田二郎三郎に強要してやらせたことは明らかである。

慶安御前試合《けいあんごぜんじあい》

鯉

柳生石舟斎から新陰流三代の道統を授《さず》けられ尾張柳生の開祖となった兵庫助利厳《としよし》は、何よりも花を愛し、庭を愛したと云う。

別して慶安元年（一六四八）正月、隠居して如雲斎と号するようになってからは、一口はまず花を活《い》けることから始まり、庭の仮山水を見廻ることでほとんど半日を過した。巨石を集めて山と見立て、その下に清泉を引いて盆池を形どり、そこに鯉を放《はな》っていた。池のほとりに立って、半日、鯉の動きを見て倦《あ》きることがなかったと云う。時々まるで自分が鯉になったようなことを云った。

「この曲り鼻の岩が、どうもこわいな」

とか、

「この辺が変哲《へんてつ》なさすぎて倦きたよ」

そんなことを云い立てては、庭師に手を入れさせ、時には手ずから直したりする。

如雲斎の三男兵助《へいすけ》は、この父の趣味が大嫌いだった。花はまだいい。立花《りっか》は芸の一つでありわけ、武人の風雅として悪いものではない。だが仮山水の方はどうにもいただけない。とりわけ、半日の余も池畔にしゃがみこんで、痴呆のように鯉を見つめている姿には、老残という言葉の、何かぞっとさせる感じがあった。

「鯉のどこがそんなに面白いのですか」

ある日、むきつけにそう訊《き》いたことがある。如雲斎はきょろっと兵助を見返した。眼が死んでいる。兵助の質問が理解出来ずにいるのは明白だった。

「面白いから、半日、鯉を見ていられるのでしょう？」

兵助の言葉には突っかかる棘《とげ》がある。父のこんな姿を見たくないのだ。

「鯉でなくてもいい」

如雲斎の応《こた》えは模糊《もこ》としていた。瞳に茫々《ぼうぼう》の気が漂っている。

「魚になるのが楽しいだけだ」

「魚になる？」

兵助が呆《あき》れて云った。

「泰山を仰ぎ、江淮《こうわい》を泳ぐ。島陰をめぐっては、水底に潜《ひそ》み、また花影のただよう水面に浮上する。人間には魚の楽しみがないな」

「泰山ですって、この小さな岩が？　この池が江淮といえますか」

「魚は大小を忘れて楽しんでいる。観ずれば仮山水もまた真の山水となる。お前には魚の気持は分らん」

それきりだった。父の姿勢がそれ以上の質問を封じていた。

〈魚の気持なんて、分りたくもないさ〉

兵助は腹の中で毒づきながら、引き下らざるを得なかった。

兵助は後の浦連也《れんや》、柳生連也斎である。

如雲斎には男子が三人いた。清厳《きよよし》・利方《としかた》・連也である。ちょうど五歳ずつ齢が違う。長男の新左衛門清厳は、父とは別に小姓役として三百石の扶持を受けていたが、寛永十四年、たまたま病いのため静養中だった有馬の地で、島原の乱の起ったのを知り、何《なに》も彼《か》も抛《なげう》って参加した。恐らくはこれがこの時代の最後の合戦になるであろうことは、何人の目にも明白だったからである。この機をのがせば、一生人を斬る機会がなくなるかもしれない。斬人の剣を勉《まな》んだ者として逃がすことの出来ない場合だった。清厳は、最初の原城総攻撃に加わり、

『拙者儀、去二十七日有馬ヨリ参着、則《スナワチ》、石谷十蔵殿ヲ頼《タヨリ》、板倉右近手ニ加リ、今朝一番乗仕《ツカマツリ》、致二討死一候』

という壮烈な遺書を父宛に残して、板倉内膳正と共に討死してしまった。

次男の茂左衛門利方は、新陰流四代の道統を継ぎ、如雲斎の尾州藩剣法指南役五百石の地位を譲られた人物だが、残念なことに病弱で、慶安元年父の後を継ぐと直《ただ》ちに弟の連也に指南役を譲り、己れは一般の諸役を勤め重用された穏《おだ》やかな人物だった。四代の道統を継いだほどだから、利方とて凡庸の剣ではない。その利方が到底及ぶべからずと云って、指南役の地位を譲ったくらいだから、連也と兵助の剣は尋常のものではなかった。正に剣の天才といえた。

兵助は兄二人とは母が違う。兵助の母珠女《たまじょ》は、石田三成の侍大将島左近の末娘である。島左近と云えば関ケ原の合戦で黒田長政の隊を散々に蹴散らし、合戦後数年を経ても尚《なお》、その「かかれーッ。かかれーッ」という掛声を夢に聞いて、深夜はね起きる黒田家の武士が何人もいたと伝えられるほどの猛将である。左近は敗戦と共に行方しれずになり、残された珠女は寄るべを辿《たど》って京西陣の呉服屋にいた時、壮年の如雲斎と会い、愛し合ってその側室となった。兄二人はいずれも尾張城三の丸の屋敷で育っているが、兵助だけは幼時を東海道三州御油の旅宿問屋林五郎太夫方で過しているのは、そうした事情によるものかもしれない。名前も初めは島新六あるいは林新六と称えていたようだ。成長すると三の丸の屋敷に引きとられ、姓も柳生を名乗るようになったが、名前の方は、新六・七郎兵衛・兵助・厳知《よしとも》・厳包《よしかね》と何回も変っている。新陰流五代の道統を継ぎながら、後年あえて浦連也を名乗ったのは、柳生家に対してなんらかのこだわりがあったのかもしれない。

奇妙なことに兵助は三人の男子の中で一番父の兵庫助に体形が似ていた。そしてその兵庫助は祖父の石舟斎にそっくりで、だから第三代の道統を受けたとさえ云われている。武術の道統は、出来るだけ流祖に似た体形の者が受け継ぐ方がいいのは、見やすい道理である。六尺に余る大男の創った流派を、五尺に満たぬ者が受け継ぐことにはなんらかの無理が伴う。宮本武蔵が真の意味での後継者を得られなかった理由はその点にある。武蔵は野獣めいた大男だった。従って、兵助の剣は父兵庫助に酷似《こくじ》していたし、曾祖父石舟斎にも似ていた筈だ。

罠

三代将軍家光の面前で、江戸柳生の総帥《そうすい》柳生宗冬《むねふゆ》と御前試合を行うようにとの命令が尾張に届いたのは、慶安四年三月下旬のことである。もっともこの下達状には試合のことは何一つ書かれていない。

『御慰みのため、柳生伊予（註・如雲斎のこと）子供の兵法上覧なされたく候旨《そうろうむね》、仰せ出され候間、当地江差越し候様に、相違せらる可《べ》く候。此の由、演達あるべく候。恐々謹言。

三月十八日

阿部対馬守
重次　花押
松平伊豆守
信綱　花押

成瀬隼人正殿』

これは新陰流道統十四代の柳生厳長氏が読み下し文にされた、当時の文面である。阿部対馬守及び松平伊豆守は時の老中であり、成瀬隼人正は尾州家の国家老である。そして宗冬との試合のことは、特に口頭で伝えられたと云う。兵助、この時二十七歳。相手の宗冬は三十九歳だった。

父の如雲斎は前年、即ち慶安三年正月十六日に死んでいる。この試合について利方・兵助兄弟が相談すべき相手はいなかった。だが両人に書状の趣きを伝えた成瀬隼人正が更に付け加えて、松平伊豆守の驚くべき警告を伝えた。江戸柳生はあらゆる手段を尽くしてこの試合に勝とうとする筈である。用心の上にも用心が肝要というのが、警告の内容だった。

この頃の江戸柳生の置かれていた立場から考えて、これは充分に起り得る事態だった。江戸柳生の総帥柳生宗矩《むねのり》は、五年前の正保三年三月二十六日に、七十六歳で死んでいる。

一万二千五百石の封禄は、長子十兵衛三厳《みつよし》に八千三百石、三男の主膳宗冬に四千石、残りの二百石は柳生の菩提寺である芳徳寺に寺領として与えられた。当時一万石以上は大名であり、それ以下は旗本である。江戸柳生は宗矩の死と共に、大名から旗本に転落したことになる。更にこの幕府の処置を不服として柳生の里に引き籠ってしまった十兵衛が、昨年（慶安三年）三月二十一日、四十四歳の若さで死ぬと、江戸柳生三代を継いだ宗冬に、十兵衛の遺領八千三百石は与えられたが、その替《かわ》りに今まで宗冬の貰っていた四千石は公収されてしまった。これで江戸柳生は名実共に、旗本の地位に定着したことになる。宗冬は勿論、芳徳寺を開基した末弟の義仙《ぎせん》（別堂と号す）までもこれを非常な恥辱と感じ、以後大名復帰が江戸柳生の悲願となった。

これが今の江戸柳生の立場である。従って試合、特に御前試合ともなれば、宗冬は絶対に勝たねばならぬ。そうして天下無敵の剣の名を守ることによって、一歩また一歩と悲願の達成に向ってゆかねばならぬ。

だが今度ばかりは相手が悪すぎた。天才兵助の精妙剣は江戸柳生にも聞こえている。尋常に立合って宗冬の勝てる相手ではなかった。だがそれでも宗冬は勝たねばならぬ。尋常に立合って勝てぬ相手に勝つ手は、謀殺しかない。この謀殺の係りが義仙だった。

宗矩以来、江戸柳生は謀略の剣と呼ばれている。その理由は義仙とその選び抜かれた配下たちの役割にあった。この集団の役割は暗殺だったのである。二代将軍秀忠から三代家光の時代にかけて、徳川家の謀略の最も汚い部分を請負って来たのが、俗に裏柳生と云われるこの暗殺集団だった。宗矩の生前、裏柳生の統師は宗矩から十兵衛に伝えられ、宗矩の死と共に義仙に移った。

義仙は現在の江戸柳生で最強の男である。体力技倆ともに宗冬を遥かに上廻る力を持つ。兵助と互角に闘える者がいるとしたら、この義仙を措《お》いて他にはない。だが裏の者が表に廻ることは出来ぬ。まして御前試合に義仙が出ることは考えられない。義仙に出来ることは一つしかなかった。兵助の暗殺である。そして又これだけが、宗冬の勝利を摑《つか》める唯一の機会でもあった。御前試合のことが伝えられると、直ちに義仙が二十四人の部下と共に柳生谷を出発したのは、このためである。だが義仙も宗冬も、これが入念に仕掛けられた罠であることに全く気付かなかった。

三代将軍家光は病んでいた。『徳川実紀』によれば、慶安四年正月六日の項に、『御心地わづらはしくわたらせたまへば、外殿にいでたまはず』と記録されたのが、病いの最初のようである。具合が悪くなってもまだ二回ばかり狩りに出掛けていたのが、十二日を境にふっつりといかなくなっている。替って『御心地なをなやませ給へば』とか『やや御快《こころよ》きにより』とかいう病状の記録と、病間から諸人の武芸を見る記事とが交互に現れて来る。三月下旬、一時小康を得たが、兵助と宗冬の試合をきめたのは、丁度この頃だった。

家光の武芸好みは有名で、正月から四ヵ月にわたる度重なる武芸上覧もその好みの現れと理解されているが、実はこの試合だけは目的が違った。

家光はこの十二年来、江戸柳生を怨み憎んでいた。理由は恋である。恋の恨みであり、憎しみだった。恋の相手は宗矩《むねのり》の次男友矩《とものり》だった。

友矩は十兵衛三厳・主膳宗冬とは違って妾腹の子である。母のお藤は柳生の名もなき百姓の娘だった。抜けるように色が白く、漆黒のおくれ毛が首筋に絡む様が、少年の十兵衛さえ悩ませたといわれる女性《にょしょう》である。友矩はそのお藤そっくりだったと云う。美貌のほどが思いやられる。十五歳の時から家光の小姓をつとめ、寛永十一年夏、家光が将軍として初めて上洛する時は、徒歩頭《かちがしら》として供奉《ぐぶ》した。道中、久能山で休んだ時、家光はようやく、年来憧れていた友矩を己がものとした。恋が成就《じょうじゅ》した。この時、家光三十一歳、友矩二十二歳。『柳生家譜』によればこの時の口説に家光は刑部少輔の官位と、将来大名として四万石を与えることを友矩に約束したらしい。

事実、家光は八月に友矩を刑部少輔とし、禄二千石を与えている。

宗矩はこの事態に困惑し、激怒したと伝えられる。当然であろう。この頃宗矩は惣目付《そうめつけ》の要職にいた。惣目付とは後の大目付であり、諸大名の監察を職としている。その惣目付の息子が将軍の寵童になっては、父親としてたまったものではない。しかも友矩は家光の寵をいいことに、かなり思い上った振舞いもあったらしい。だが、それにも増して宗矩を怒らせたのは、四万石の大名にするという家光の約束だった。宗矩自身、慶長五年に二千石を賜《たまわ》ったのを手初めに、三十六年かかって、やっと六十六歳の時、一万石の大名になった身である。それが尻一つで四万石とは何事であるか。宗矩はたまりかねて、友矩に柳生の所領への逼塞《ひっそく》を命じた。生木を裂いたのである。それでも我慢がならず、遂に寛永十六年六月六日の夜、十兵衛に命じて友矩を斬殺させた。

友矩病死の届けを見た瞬間、家光は事の真相を悟った。友矩の死を告げに来た宗矩に、殺気が立ち籠めていたからである。家光は武芸好きなだけに、自身もかなりの腕である。この殺気がどこから来ているかぐらいの推測はついた。

家光は宗矩を恨み憎んだ。殺してやりたいとさえ思った。だがこの時点で、それは出来なかった。家光の生涯の仕事とも云うべき大名潰《つぶ》しに、宗矩が必要だったからである。それに宗矩が惣目付として、裏柳生を使って果たして来た汚い仕事の数々を万一暴露されたら、それこそ徳川家の屋台骨がゆらぐほどの大騒動になることは、目に見えていた。家光は後日の報復を友矩の霊に誓った。

宗矩が死ぬと、禄を分けて旗本に落したのは、家光の遅い復讐だった。十兵衛の死の後、四千石を召し上げたのも同様である。そして今、死に臨んで家光は、今度こそ江戸柳生を根こそぎ潰してやろうと決意していた。その暗い手だてが、宗冬と兵助の御前試合だった。

松平伊豆守を通じて、利方・兵助兄弟に江戸柳生の陰謀を告げ、警告させたのはほかならぬ家光だった。兵助を暗殺されてしまっては、家光の謀《たくら》みは無に帰する。兵助に充分の用心をさせ、且《か》つまた腹の底から怒らせなければならぬ。御前試合の場で宗冬を殺すほど兵助を怒らせるのが、家光の狙いだった。目の前で宗冬が殺されるのが見たかった。そしてその時、武道不覚悟の汚名をもって、江戸柳生を潰すことが、家光の秘かな悦びだった。

お了

兵助は恋をしていた。尾張藩の儒者吉田素菴《そあん》の末娘お了《りよう》がその相手である。吉田素菴は京都嵯峨の角倉了以《すみのくらりょうい》の子で通称は角倉与一。早くから父を助けて、貿易商、あるいは土木業という家業に精勤して来たが、学問を好む心深く、十八歳の時から藤原惺窩《せいか》について儒学を学んだ。尾張では『史記』や『通鑑《つがん》』を講ずる学者であると同時に、木曾山の木材伐採と輸送に従事する木材商でもあった。

お了はこの素菴に似ない、ひっそりとした性格の十八歳の娘である。だが控え目な態度で終始しながらも、見るべきものは充分に見、云うべきことはいつの間にか余すところなく云っているという、不思議な力を持っていた。

「そなたには奇妙に剣機を捉《とら》える力がある」

兵助はお了を評してそう云っている。仕掛けるとも見えぬ静謐《せいひつ》さを保ちながら、いつの間にか撃尺の間境《まざかい》を越えている、そういった恐るべき剣を、兵助はお了の中に感じとっていた。この時も理解出来たのか出来なかったのか分明でない柔かな微笑で、お了はこの言葉を聞いていた。そうした姿が兵助の心を尚更《なおさら》惹きつけるのだった。

お了を知ってから自分の剣は微妙に変ったと兵助は信じている。兄の利方もそう思っていた。とにかく近頃の兵助の剣は、理解を越える早さをもっている。こちらが何も出来ない瞬息の間に、もう撃たれているのだ。それもほとんどが片手打ちだった。片手打ちは正確さを欠き、斬人の剣として充分の力を持たないと云うのが定説だが、兵助のは違う。定寸《じょうすん》よりやや長めの二尺の小太刀で、息の止まるほど強力な片手打ちを放つ。前年、藩主義直公が亡くなられた時、尾張柳生の高弟寺尾土佐守直政が殉死を願い許された。その介錯の役目を兵助は引き受けている。この時も兵助は脇差をとって片手打ちに斬った。土佐守の首は前皮一分を残して切り留まって、落ちなかった。居あわせた者たちは、この妙技に感嘆を惜しまなかったと云う。新陰流で云う『小転《こまろばし》』（小太刀）の法なのは明白だが、その入りの自然さと、異常なほどの太刀ゆきの早さが相手にまったく防ぐ手を与えなかった。

兵助とお了は、まだ指一本触れ合ったことがない。時たま会って、庭を歩き、父兵庫助の愛した仮山水をめぐり、言葉をかわすだけである。二人とも、それで充分に倖せだった。兵庫助の死後、その隠居料の三百石と、小林の別荘を兵助は貰っている。仮山水はその小林第にあった。お了と共に池畔を廻り、全く無表情な鯉の顔をつくづくと眺めながら、嘗《かつ》て父に放ったのと同じ質問が、兵助の心に甦って来ることがある。

〈鯉を見ていて何が楽しいのか〉

だが近頃は表情のない筈の鯉の顔に、時に表情の掠《かす》めるのが見えるような気がすることがある。錯覚かとも思うが、その確信も持てない。確かなのは、その思いがお了から来たということだけだった。

「鯉が泣いています」

ある日、池畔に蹲《うずくま》っていたお了が、突然そう云ったのだ。しかも指さしている。何を馬鹿な、と思いながら、細そりとした指の美しさに惹かれて池の中を覗きこんだ兵助は、そこに確かに泣いている鯉を見た。しかも泣いている理由まで即座に悟《さと》った。鯉は鼻に傷を負っていたのである。岩にぶつけたのは明らかだった。兵助は印籠から薬を出して、その鯉の鼻に塗ってやり、傷のもとになった岩を探した。どんな理由か不明だが、一ヵ所欠けた岩がみつかった。兵助は庭師を呼んで、その岩を削らせながら、

〈俺は親爺と同じことをしている〉

と思い続けていた。

〈お了さんのせいだ〉

そうも思った。魚の心の分ることが、どれほどのものを人の心に付与するのか分明では

なかったが、ただなんとなく倖せだった。兵助はそれを、所詮《しょせん》はお了と共にいる倖せなのだと理解した。

道中

尾張から江戸は八十一里（約三百二十キロ）。馬をとばしにとばせば、丸一日の旅程だったが、利方・兵助兄弟はそれ程いそぐ旅ではない。江戸で待っているのは大事な試合なのだから、充分に体調を整えておく必要があった。万《よろ》ずに無理は禁物である。だからこの旅に馬で三日をかけるつもりでいた。道中二泊することになる。

成瀬隼人正の警告を兄弟は忘れてはいない。だから道を往くのは必ず日中の明るい間だけにし、食事も宿のものは口にせず、連れていった家僕の直吉の調理するものだけ食した。湯茶のたぐいも同様である。いかに裏柳生の義仙が無法でも、白昼街道で人を襲うことは出来ない。そんなことをすれば、江戸柳生は忽《たちま》ち潰されてしまう。また直吉がゆきずりの店で買う食物に、毒を混入出来るわけがなかった。予定の二泊を無事に終えて、さすがに二人ともほっとした。松平伊豆守の警告は杞憂《きゆう》に終ったのである。考えて見れば、老中に察知されている凶行を、義仙ほどの男が犯すわけがなかった。犯せば疑われるのは目に見えている。将軍お声がかりの剣士を斬って、それが江戸柳生の手の者と知れれば、矢張り家は潰されるだろう。江戸はもう目と鼻の先である。兄弟はようやく警戒心を解いた。まさにこれが義仙の狙いだったのだが、兄弟は気付かなかった。

川崎の宿で小さな異変が起きた。

手違いで更え馬《うま》が《か》おらず、兄弟は暫く待たされる破目《はめ》になったのである。江戸期の宿駅の制度は厳重を極め、前の宿で雇った馬をそのまま乗り継ぐことは許されなかった。必ずその宿の建場《たてば》で新たに馬を雇わねばならない。

待っている間に兄弟は異常なほどの渇《かつ》を覚えた。朝食の菜が辛《から》すぎたのである。しかも旧暦三月下旬の陽は意外に強く、汗ばむほどの陽気だった。

「直吉。湯はないか」

たまりかねて利方が下僕に声をかけた。

「申しわけございません」

直吉が腰の竹筒を逆さに振って空《から》であることを示した。

「あそこに井戸がありますが……」

成程《なるほど》、建場の脇に釣瓶《つるべ》式の井戸が見えている。汲みたての水に毒があるわけがない。

しかもこの水が、冷く美味だった。利方は、もう一杯、と所望し、更に竹筒にも詰めておくように命じた。直吉は、兄弟の見ている前で、釣瓶の水を竹筒に移した。兵助は遂に一滴も、この水を呑んでいない。

やっと馬が来たのは、午後の陽が大分《だいぶ》廻ってからだ。兄弟は早速出発した。なんとか陽のあるうちに市ケ谷御門外の尾州藩上屋敷に入りたかった。それが無理なら、夜に入ってでも、築地の中屋敷まで辿りつきたかった。

馬にまたがると、利方は更に一杯の水を欲した。

「まだ冷えておりますから」

直吉はそう云って、竹筒を渡した。利方が咽喉仏を見せて、うまそうに竹筒から水を呑む様を、兵助ははっきり覚えている。

街道に出ると馬を走らせた。直吉には遅れてもいいと申し渡してある。兄弟は馬をとばしにとばした。

六郷川を渡り、大森を過ぎ、鈴ケ森に近づいたあたりで、それが起きた。

利方が落馬したのである。それも、手綱まで手放すというみっともない落馬の仕方だった。馬はまるで申しわけないとでも云うように、兵助がとり抑える隙もなく一散に走り去った。品川の建場に向ったに違いなかった。

考えられない事故である。利方は馬術でも名誉の腕前である。それに軀に変調がなくて、こんな落ち方をするわけがない。

下馬して、倒れている利方を覗きこんだ兵助は、ほとんど茫然となった。利方は眠っていた。かすかな寝息さえたてて、熟睡している。

眠り薬を盛られたに違いなかった。そうとすれば、いつ、どこで？　兵助の眼に、利方の腰につけた竹筒が映った。直吉が出発間ぎわに渡してくれたものである。同時にその水をあおっている利方の咽喉仏の映像がちらりと脳裡を掠《かす》める。

〈竹筒だ。竹筒に眠り薬が仕込んであったのだ〉

このやり方なら、兄弟の目の前で堂々と汲みたての水を移すことも可能である。

兵助は街道を眺めた。追ってくる筈の直吉の姿は見えない。今頃は西に向って、それも脇街道を必死に辿っている筈である。考えてみれば直吉という男は、小才はきくが実《じつ》のない男だった。家族もなく、気楽な独り暮しである。これは金で殺されるのに最も適した立場といえた。そんな男を、大事な旅の従者に選んだ自分たちの不覚である。誰に文句をいう筋でもなかった。

肝心なのは、薬が眠り薬だけか、ということだ。兵助は仔細に利方の症状を調べた。別段他に異常があるようには思われない。それに直吉のような小心な男に、人一人殺すような毒薬を与える者はいないだろう。恐怖のあまり何もせずに逃げ出すか、逆に主人に真相を告げるくらいがおちだからだ。

では義仙の目的は兄弟の双方、あるいはせめて一人だけでも眠らせることにあったということになる。だが何のために？　利方一人が眠ったとしてもたいした違いはない。兵助が自分の鞍壺に利方を乗せ、疾駆させれば足りる。

兵助は先ず利方を街道脇の松の木蔭に移すと、自分の馬を調べはじめた。蹄鉄《ていてつ》がなかった。道理で大分前から馬の歩行がとどこおり勝ちだった。このままでは、馬は品川までもつわけがない。

「すまなかったな。知らなかったんだよ」

兵助は馬を撫でながら詫びた。

これで義仙の意図は明白になった。兄弟を陽のあるうちに江戸に入れたくないのだ。品川の手前で夜を迎えさせたいのだ。勿論、闇にまぎれて襲うためである。宗冬との試合を阻止し、宗冬に不戦の勝ち名乗りをあげさせるためだ。

〈くだらないことに手間をかけるなあ〉

兵助は苦笑し、脇でぐっすり眠りこけている利方をつくづくと眺めた。

〈ゆっくり軀をやすめておいてくれよ、兄者〉

そして兵助も仰向けにひっくり返ると、忽《たちま》ち眠った。

利方が目覚めたのは、夜もとっぷり更けた四ツ時（十時）である。同時に兵助もすっと身を起した。兵助は熟睡しながらも、尚、目覚めていた。これは兵法者に限られた特技ではない。どんな人間でも、危険に曝《さら》されれば自然にやってのける、いわば防衛本能に従った行為である。

利方はゆっくりと空を眺め、兵助を見、一頭だけつながれている馬を見た。

「眠り薬だ。直吉だな」

断定だった。兵助は頷《うなず》いた。

「何故あの馬で運ばない？」

「蹄鉄がない」

利方が呻《うめ》いた。

「旅の者に頼むことも出来た筈だ。川崎の問屋場にしらせれば……」

「しらせたくなかった」

利方が黙った。確かに問屋場にしらせることは尾張柳生の、ひいては尾張家の恥辱を曝すことになる。それだけは避けねばならなかった。

「軀に異常は？」

今度は兵助が訊く。

「ない。眠っただけだ。だが何のためだ？」

「夜を待つためだろう」

「朝まで動かなければいい」

「そうはさせてくれないだろうな」

兵助は初めて白い歯を見せて笑った。

介者剣術

さすがの兵助も、裏柳生の義仙が、これほどの人数で襲って来ようとは、夢にも思っていなかった。

義仙はなんと二十四人の裏柳生を、この作戦に投入した。

なんとしてでも、或るいは何をしてでも宗冬に勝利を摑ませたい、という義仙はじめ江戸柳生の意気ごみが、そこにはっきりと現れていた。

三人を一組とし、二組六人で前後を囲む。その背後に予備の二組がいる。一人でも倒れれば、次の組が替る。兵助と利方にそれぞれ四組十二人ずつを向わせる襲撃法だった。このやり方だと、攻撃に一瞬の隙もなくなる。どんな達人でも、一瞬の絶え間もなく攻めを続けられれば、防禦一辺倒《いっぺんとう》にならざるをえないし、いつかは息切れすることになる。それが義仙の狙いだった。

最後の詰めは義仙自身と横地太郎兵衛がすることになっている。横地太郎兵衛は巨人だった。身の丈《たけ》七尺二寸（二メートル十八センチ）、横幅も二抱えはある。錣《しころ》頭巾を目深にかぶり、全身を鎖帷子《くさりかたびら》で蔽《おお》っている。更にその背に負った刀が凄かった。刃長三尺六寸（一メートル余）、柄の長さ一尺五寸（約五十センチ）、併せて五尺一寸（一メートル五十センチ）という肉厚の大太刀なのである。こんな大太刀は常人には抜くことさえ出来ない。まして振り廻すなど論外である。太郎兵衛はこの刀を恐ろしいまでの早さで、楽々と振ることが出来た。

実はこの横地太郎兵衛は柳生の男ではない。もともとは薩摩人で、古い介者《かいしゃ》剣術の達者である。介者剣術とは戦場で重い鎧《よろい》を着た者同士が闘うために編み出された、実戦一点張りの剣法だ。ほとんど全身を鎧でかためているのだから、当然防禦は鎧に委《まか》せ、攻撃一辺倒の剣になる。それも狙う個所は四ヵ所しかない。鎧の効果の及ばない所、つまり眼、咽喉、右手の拇指、最後に睾丸である。この四ヵ所に向って猛烈極まる攻撃を休むことなく加えるのが、介者剣術の恐ろしさだった。

新陰流をはじめ、近世の剣法はすべて、この介者剣術の否定の上に成立している。介者剣術のゆきつく先は結局術ではなく力である。軀が大きく、長い刀が使え、膂力《りよりよく》にすぐれた者が勝つ。そんな当り前の論理では、平凡な体軀の持主は常に殺されるしかなくなってしまう。その貧弱な体軀をもってしても勝てる術が近世の剣法だった。

だが利方や兵助の世代は、ほとんど戦場を知らない。従って真の介者剣術を見たことがない。そこに盲点があった。義仙はその盲点をつくために、わざわざこの巨人を高額の金を払って雇ったのである。

戦闘は、だが、義仙にとって思いもかけぬ形で開始された。

義仙は二十四人の部下を二手にわけ、それぞれを兵助と利方に向わせるつもりだったのだが、兵助がその形を許さなかった。

「うしろを……兄者」

叫ぶなり兵助は走っていた。

「承知」

利方は叫び返すと、その兵助の背に己の背をうちつけるような形で、同様に走りだした。

つまり利方は、うしろ向きに走ったことになる。義仙と二十四人の裏柳生は、ほとんど呆気にとられたと云っていい。彼等はこんな奇妙な戦形を、生れて初めて見た。確かに二人の男が多数を相手に闘う際、背中合せになることはある。だがこの場合、二人はほとんど静止している。動く時は、背をはなして個々に動き、また背中合せの形に戻る。それが普通だった。兵助のとった戦形は、これとは全く異質なものだった。なにより走るのである。それも恐ろしい迅《はや》さで右に左に、自在に走り廻る。そして利方の方は、まるで膠《にかわ》で貼りつけられたように、その兵助の背に己れの背をぴたりと密着させたまま、同じ迅さで、だがうしろ向きの形で走った。兵助が右に走れば右に、左に走れば左について来る。まるで四本の手と四本の足をもった人間のようだった。そして走りながら、両人とも脇差の片手斬りで、眼前に立つ敵を、これまた凄《すさ》まじい迅さで斬ってゆく。

兄弟の移動の迅さに裏柳生の男たちは到底ついてゆけなかった。従って輪を作ってとり囲むことが出来ない。それどころか二人の片手斬りを逃れるために、逆に次第次第に密集隊形にされていった。それは羊飼いの犬が羊たちを集める動きによく似ていた。こうして一団となった裏柳生の角々を、兵助が斬ってゆく。通りすぎる間際に、その隣りの男を利方が斬る。裏柳生の集団は、兄弟の影をしかと捉えられぬままにその数を減らしていった。

義仙が我に返った時は、ほとんど半数の裏柳生が地に這っていた。義仙は思わず呻いた。完敗である。このままでは、全員を失うことになる。義仙が引揚げの合図をしようとした瞬間、横地太郎兵衛の鉄鎖で蔽《おお》われた手が肩に置かれた。

「手前の出番のようです」

「だがあの迅さでは……」

太郎兵衛は疾走をはじめていた。それは信じ難い光景だった。身の丈七尺二寸の巨人の疾走は、驚くほどの迅さと勢いだったのである。熊のように身を屈め、いつ抜いたか刃長三尺六寸の大太刀を目の前に垂直に立てている。典型的な介者剣術の構えだった。太郎兵衛の突進は、兵助兄弟と軌跡を交叉する筈だった。交叉していれば、果して何が起っていたかは不明である。だが交叉は行われなかった。兵助がぴたりと静止したからだ。戦闘開始以来初めて兵助は足をとめた。理由は兵助にも分らない。本能的な何かが、この野獣めいた生き物との軌跡の交叉を危険だと兵助に教えた。

兵助たちの静止と共に、太郎兵衛も停まった。太刀構えはそのまま、丸めていた軀をゆっくり起していった。熊が四つん這いから二本足で立ってゆくのに似ていた。体長七尺二寸の巨大な熊が兵助の眼前に立ちはだかった。太刀構えが自然に八双に変化し、太郎兵衛の左肩が、さあ斬れというように突き出されている。

太郎兵衛の眼光は炯々《けいけい》として、圧倒するように兵助を見おろしている。

大太刀が更に高くうしろに引かれた。

「離れる」

低く云うと兵助は大きく左に動いた。利方は逆に右に動く。表裏一体の戦形が、初めて破れた。兵助は太郎兵衛に、利方は義仙と生き残った裏柳生たちに対する形になった。二人とも脇差を軽く振り上げた姿勢だ。それは自源流の『とんぼの構え』に似ていた。

数瞬が流れた。

その間に兵助は、太郎兵衛の全身が、頭から脚まで鎖帷子で蔽われていることを知った。そしてこれが介者剣術であることを知った。鎖が鎧の役を果たしているのだ。

義仙は漸《ようや》く我をとり戻し、残った裏柳生を散開させ、利方と兵助を大きくとり囲む隊形をとることが出来た。だが生き残った裏柳生、僅《わず》かに八人。なんと十六人の男たちが、地に這って二度と起きることはなかった。

また数瞬が流れた。

何かが兵助に動くことを禁じていた。だが動くべき場合だった。兵助は本能の告げるところに敢《あえ》て逆らって、僅かに左に動いた。

太郎兵衛が更に大きくなった。爪立ちしたのである。見上げるような高さに達した。

正にその瞬間、太郎兵衛の姿が消えた。跳んだわけではない。全身を蔽う鎖帷子をつけて、跳べる人間はいない。

太郎兵衛は地べたに転《ころが》ったのである。仰向けに転るなり足から先に兵助に向って滑っていった。大太刀は八双からまた目の前に垂直に立てた形に戻っている。その大太刀を、滑りながら斜め上方に突き出した。これは兵助の睾丸ないし会陰部を狙ったものだ。介者剣術独特の戦法だった。相手が鎧をつけている場合は、左手で草摺《くさず》り（垂れ）をまくり上げ、右手で突くという。鎧に蔽われていない股間への、効果的な攻めだった。刺突に失敗すれば、そのまま敵を組討ちに引き込む作戦である。

刃長三尺六寸肉厚の大太刀は、この時、凄まじい効果を上げることになる。まるで槍で下から突かれた形になるのだ。下から伸びて来るものは、よけるか、払うか、打ち折るしか防ぎようがないのだが、この剛刀を打ち折ることは不可能であり、払うことも難しい。逆にはじき返されるからだ。よける余裕もない。突然地に這った意外性と、七尺の長身の滑る早さが、咄嗟《とっさ》に跳びのくことを許さなかった。正に必勝の攻撃法といえた。

兵助の天才が発揮されたのは、この瞬間である。太郎兵衛の大太刀が地から突き上げられた時、この男はその大太刀を払いながらまっすぐ上に六尺を跳んだ。

これで太郎兵衛の奇襲は見事にかわせた筈だった。だがこの時、兵助にとって生涯の不幸が起った。大太刀を払った刀が、二つに折れてけしとんだのである。だが、さすがに兵助だった。空中に身を置きながら、折れた脇差を義仙に向って投げ、着地と同時に抜き討った太刀が、太郎兵衛の鎖で蔽われていない顎の下を充分に斬っていた。太郎兵衛の首はほとんど両断されたと云う。

　義仙は、兵助の飛ばした折れた脇差を受け損じ、顔に深い傷を負った。寸前まで脇差の飛んで来るのに気付かなかったのである。脇差は義仙の双眼の間を狙って飛んだ。一種の死角である。僅かに顔を振って致命傷を避けることが出来たのは、義仙の鍛練の凡庸でないことを示していた。

　だが、今度こそ義仙は恐慌に捉えられた。

「退《ひ》け！」

　短い号令と共に、生き残りの裏柳生の姿が瞬時に消えた。全員、信じられぬほどの兵助の剣技に、おびえきっていた。素早い逃走がそのおびえの深さを如実に示していた。兵助と利方の兄弟だけが深い闇の中に立っていた。あとは十七体の屍《しかばね》だけである。

「行こう」

　利方が声をかけた時、兵助がゆっくり腰を沈めた。あぐらをかくように坐りこんだ。その股間がべっとり血に塗《まみ》れていた。

　太郎兵衛の大太刀の切先は辛《かろ》うじて兵助の股倉に届いていたのだ。脇差が折れたために払いが不充分だった結果である。太郎兵衛の狙ったように会陰部を突き刺すことは出来なかったが、切先は睾丸を破っていた。玉が二つとも、外にとび出してしまい、しかも傷ついていた。

品川の宿の医者が、破れた睾丸を八針縫ってくれた。生命に別状はなかったが、子を作ることのかなわぬ身になったことを、兵助は医師に告げられた。

子を作れぬ身で女と交ることは淫事にすぎない。兵助は一生女人を断つ決心をした。不《ふ》犯《ぼん》の誓いである。お了の俤《おもかげ》を、断腸の思いを籠めて切って棄てた。

そして兵助は、柳生宗冬を殺す覚悟を固めた。

試合

上覧は将軍家光の御座所で行われた、と兵助自筆の覚え書にあると云う。この覚え書によれば上覧は次のように行われたらしい。

初日。四月五日。

一、燕飛（六箇の太刀）

一、三学（五箇の太刀）

一、九箇（九箇の太刀）

一、小太刀（三）〔以下括弧内は番数〕
一、無刀（三）
一、小太刀（四）
一、又、小太刀（五）

いずれも、利方と兵助によるいわゆる型試合によって上覧に供された。小太刀の番数が総計十二番にものぼっているのは、江戸柳生には小太刀（『小転《こまろばし》』と云う）の術が少なく、家光には珍しかったからである。続いて、
二日目。四月六日。
一、小太刀（五）
一、無刀（三）
一、相寸（五）〔相互に中太刀を使うものである〕
一、又、小太刀（三）

この日も小太刀を八番も見ている。家光の『小転』についての興味の深さを如実に示すものだ。

問題の御前試合は、この後、暫くの休憩の後に行われることになった。休憩は兵助のためというより、家光のためだった。家光の病いはそれほど重かった。だがうわべはやや安定しているように見えたらしい。この頃の医師の記録には『御気色よろしく』という言葉が頻出《ひんしゅつ》している。

兵助はただ一人、御座所の次の間に控えていた。この試合は人払いの上行われると、ついさっき云い渡されたところだ。観るのは家光ただ一人。演ずるは柳生宗冬と柳生兵助厳知の二人。三人だけの御前試合である。兄の利方さえ列席を禁じられた。

兵助は端坐したまま、瞑目《めいもく》して動かない。別して心を鎮めているわけではない。股間の傷の痛みに耐えているのである。型試合の激しい動きで、また傷口が開いたらしく、僅《わず》かに出血して褌《ふんどし》を染めていた。そして脳天にまで響くような痛みが、間歇的《かんけつ》に襲って来る。それ自体はたいした傷でもないのに、痛みがひどいのは、兵助の軀が自分の喪ったものの大きさを訴え嘆いているかのようだった。

人の気配に兵助は目をあけた。お坊主が一人、茶を捧げて入って来る。兵助の前に低頭すると、無言で茶を勧《すす》めた。

兵助はなにげなく茶碗を手にとった。ふと何事かを感じ、お坊主の眼を見た。くい入るように茶碗を見ている。尋常の眼ではなかった。そこに示されたものが恐怖であることを悟ると、兵助は静かに茶椀を元に戻した。茶には毒が混ぜられていた筈である。江戸柳生の黒い手は、お坊主にまで及んでいたのだ。兵助の心に、今更動揺はない。既に宗冬を殺すと覚悟している。それに付け加えるべきものは何もなかった。

兵助は間違っていた。このお坊主に毒茶を持たせたのは、宗冬ではなく、家光だった。家光は既に鈴ケ森での決闘を知っている。兵助兄弟を常時見張らせておいたのである。兵助の油断のなさも、その凄まじい剣技も、その怒りも知っている。毒茶は最後のだめ押しだった。兵助の怒りを頂点まで沸騰させ、宗冬殺害の意志を確固たるものにするのが狙いだった。

御座所の反対側の次の間で、柳生宗冬は文字通り慄《ふる》えていた。膝に置いた双の手の指が、己れの意志とは関わりなく、まるで別個の生きもののようにぴくぴく動いている様を、茫然と見ていた。今の宗冬の心に、もう恐怖はない。深い諦念《ていねん》だけがあった。それなのに、軀だけが心と無縁に恐怖している。奇妙な、しかも胸に沁み透るように悲しい眺めだった。

義仙から襲撃の失敗を告げられた時、宗冬は死を覚悟した。義仙の語る兵助の闘いぶりはまさしく阿修羅だった。どう考えても太刀討ち出来る相手ではなかった。しかもこの卑劣な襲撃で、若い兵助は怒り猛っている筈である。御前試合には今までも多くの死人《しびと》が出ている。勿論、殺した者が罰されることはない。宗冬はこの度は自分がその死人になることを悟った。そしてその時、宗冬は初めて家光の意志を悟った。すべてが江戸柳生を取り潰すための罠だったのである。その罠に宗冬も義仙もまんまと乗せられてしまった。今更どうしようもなかった。何も彼も手遅れだ。宗冬は己れの不明の責めを、己れの死で償《つぐな》うしかなかった。そして江戸柳生は三代で絶える。

宗冬の目から一筋の涙が流れた。

無念だった。なんとも、思い切れないほど無念だった。

せめて一太刀、兵助に、いや、家光に酬《むく》いたかった。たった一太刀でいい。江戸柳生の怨念と後世の栄誉のすべてを賭けて、その一太刀が欲しかった。だが阿修羅のような兵助に、自分の太刀が届く筈がない。

宗冬はまた、もう何度目かの諦念に心を沈ませるしかなかった。

お坊主が入って来て、試合の開始を告げた。

兵助と宗冬は家光に爪甲礼《そうこうれい》をすると静かに立った。これは、上覧試合の場合の礼で、頭を下げることなく、軽く頷くだけのものである。

間合は五間《けん》。

宗冬は三尺三寸（一メートル）の定寸《じょうすん》、枇杷《びわ》の蛤《はまぐり》刃《ば》の木太刀。中段に構えている。

兵助は自身の考案になる二尺の小太刀（小太刀の定寸は一尺七寸五分である）、同じく枇杷の蛤刃の木太刀。だが宗冬のものと違って鍔《つば》がなかった。右片手にだらりと下げて、太刀先は僅かに左斜下を指している。いわゆる構えではない。新陰流に云う『無形《むぎょう》の位《くらい》』である。

兵助は静かに宗冬を見た。

宗冬の顔が『泣いて』いた。お了と共に見た小林第の池の鯉さながらに『泣いて』いた。

お了の声が聞えた。

「鯉が泣いています」

池の中を差しているお了の白い細い指。

澄明《ちょうめい》な水。花影がその水に落ちている。

鯉は水の中で、鼻を痛めて泣いていた。

この男は、どこを痛めて泣いているんだろう。

不意に、兵助は家光もまた『泣いて』いるのを気配で知った。

何故だ？　なぜこの男たちは二人揃って『泣いて』いるんだ？　何のために、何に向って『泣いて』いるのか？

男たちの、生涯を賭けた何物かが、或るいはなんらかの情念が、この二人を泣かせているのだ。卒然《そつぜん》とそう悟った時、兵助は正しく池を覗きこんでいた。すべてが澄明な水の中の出来事と見えた。それはすべて、そこはかとない耀《かがや》きを水によって得ていた。すべてが耀き、すべてが哀しかった。そして兵助は明らかにその池の外にいた。

「鯉のどこがそんなに面白いんですか」

自分の声が聞えた。馬鹿だなあ、俺は。

「魚になるのが楽しいだけだ」

父の声がする。

親爺は池の中に人の世を見ていたんじゃないのか。ちらりとそう思った。それとも、鯉になることによって、池の中から人の世を見ていたのかもしれない。

唐突に宗冬の『泣いて』いるわけが分った。一太刀。一太刀でいいから浴びせたい。己れのためにも。江戸柳生のためにも。宗冬はそう呟《つぶや》きながら『泣いて』いた。

〈いいじゃないか。斬られてやろう〉

兵助はそう思う。鯉のささやかな望みをかなえてやってどこが悪い。もとよりそれは試合に負けることではなかった。

〈肋《あばら》一寸だ〉

『肋一寸』は新陰流の極意の一つである。己れの肋一寸を斬らせて、敵の生命を絶つ。

〈なにも殺すことはないな〉

袴《はかま》の裾《すそ》を軽くさばいて、するすると間合をつめながら、そう思った。

宗冬は瞠目した。動けなかった。兵助の歩みがまるで自然なのである。『鳶が羽を使うが如く』と後にこの時の足さばきは評されているが、それほど楽に、自然に、そしてなにげなく、兵助は既に一足一刀の間境《まざかい》を越えようとしていた。

宗冬ははっと我に返った。たった一太刀！　執念の一太刀を振りおろす時が、今まさに過ぎようとしている。宗冬が双手《もろて》中段の太刀を右片手上段に執《と》り、兵助の左の頸《くび》の付け根から右肋骨にかけて、斜太刀《はすだち》に打ちおろしたのは、夢中のなせる業《わざ》だった。蛤刃の木太刀は、まるで剃刀《かみそり》のように、兵助の着衣の胸を左から右斜下に切り裂いたと云う。

同時に兵助の木太刀は、宗冬の木太刀を握る右拳を打つともなく自然《じねん》に打ち、その手の甲を粉微塵《こなみじん》に砕いていた。

＊

宗冬は家光の死後、四代将軍家綱に必死の忠勤を励み、ようやく寛文九年、この御前試合から十七年の後に、一万石の朱印を与えられ、大名に復した。江戸柳生の悲願が達成されたのである。

兵助こと柳生連也斎は元禄七年十月十一日、七十歳で死んだ。生涯不犯ゆえ、子はない。生前に詳細を極めた遺言状を作ったが、その中に二項目だけ異様な注文がある。

『われ等、ふと絶え入り候《そうろう》とも、灸、針、薬、用《もち》い申す間敷《まじく》候。死顔、見申間敷候。若し不審事これ有らば、甥達の内、一人に、庄兵衛、才右衛門（共に召使い）相添え、見申す可く候』

これがその一項だ。次いで第二の項目は更に異様を極める。

『もくよく（沐浴湯灌のこと）且而《かつて》（決して）無用。着服のまま、乗物に入れ、焼き申す可く候。焼所は、南のさんまい（焼き場）にて焼き、とくと焼け候と、相見え候わば、水を懸け、火をしめし、はいを残さずたわらに入れ、小舟にて熱田海へ押しながし、すて申す可く候』

連也斎が最後まで軀の損傷を隠し通したことが、この文章でよく判ると思う。

連也斎の屍骸は、本人の望み通りに焼かれ、灰は海に捨てられたと云う。

柳枝《りゅうし》の剣《けん》

九歳

「違う」

厳《きび》しい声とともに、ひきはだ竹刀《しない》が鋭い音をたてて又十郎の手首を打った。見ていた左門がぎくっとするほどの強打だった。

「ぎゃっ」

又十郎は己れのひきはだ竹刀を取り落とし、道場の床にぺたんと坐りこんだ。身体を丸めて打たれた手首を押さえている。骨に沁みる痛みなのだろう。呻きながら泣声をあげた。

〈まただ〉

左門はうんざりした。何かというとすぐ泣くのが又十郎の悪い癖である。又十郎が泣くと、きまって六歳年長の兄十兵衛は癇癪《かんしやく》を起こす。癇を立てれば、余計ひどく打ちのめす。又十郎はますます泣くことになる。悪循環だった。

もっとも又十郎が泣いてもあながち無理とはいえない。又十郎も左門もまだ九歳なのである。十兵衛は十五歳。体格も並より大きく強力無双といわれた。

父の柳生宗矩《むねのり》が今年から将軍家光の師範になり、型を示す相手に十兵衛が選ばれている。柳生新陰流の型はほとんど仕合《しあい》と変わらない。宗矩は手加減もせず打ちこんで来る。受け損じたらこっぴどく打たれるから十兵衛は必死である。これで剣技が上達しなかったらどうかしている。十兵衛は父と同じ態度を、幼い又十郎と左門に対してとる。些《いささ》かの容赦もなく、鋭く打ちこむのである。ひとつには父に対する憤懣《ふんまん》もあった。十兵衛が父にされた通り家光を打ちこむと叱るからだ。剣の稽古に身分はない筈だ、と十兵衛は信じている。だから父の叱責《しつせき》が不満だった。その怒りを、揃って九歳の弟たちに吐き出すのだから、たまったものではなかった。

左門と又十郎は同い歳の兄弟である。左門が僅かの差で兄になる。といって双生児ではない。又十郎は正室のお玉の子だが、左門の方は妾のお藤が産んだ子供だった。お玉は直参松下石見守の娘、お藤は柳生の隣村阪原村の名もなき者の娘と書かれてある。それだけにお藤の美しさは群を抜いていた。抜けるように白い、肌理《きめ》細かな柔肌、漆黒の豊かな髪、切れ長の目、ややうけ口の厚い唇。義理にも高雅とはいえないが、なんともいえぬ淫蕩な気配を濃密に漂わせている。男にとっては、たまらない女なのである。

左門はこの母親似だった。男の子にしては色が白すぎ、眉目《びもく》も涼しい。唇が紅を塗ったように紅い。女の小袖《こそで》を着せたら、そのまま美しい少女になりそうだった。又十郎の方は父親似である。色黒く、あくまでいかつい顔、手足も大きく、なんとも泥臭い感じがする。悪いことに又十郎はそれを意識している。父親の見る目がはっきり違っているのだから、これは当然だった。だからいつもいじけている。子供の溌剌《はつらつ》さがなく、愚図で年寄りじみていた。そして何かというと泣いた。泣きが又十郎の唯一の武器だったのである。だがこれは十兵衛にだけは通じない。

「また泣くか！」

はたして滅多《めった》打ちにあって忽《たちま》ち昏倒した。

左門は無言で見ていた。

「何故とめん、左門」

十兵衛が喚《わめ》いた。

「母が違うからか」

ひどいいいがかりだったが、左門はこの手のいたぶりに慣れている。顔色も変えずにいった。

「とめればもっとひどくぶつでしょう」

十兵衛がちょっと虚をつかれた顔をした。左門の云った通りだからだ。制止や意見は、十兵衛の兇暴さをかきたてる役しかしない。

「小ざかしい！」

十兵衛は左門を打った。左門は打たれた勢いを利用して一回転するとぴょこんと立った。あとはひきはだ竹刀を顔の前に垂直に立てたまま、打たれるに委せている。だがそれだけではなかった。前もって打撃の来る方向と場所を知り、僅かに先に動く。少なくとも動こうとする。その上身体を硬くせず、柔らかに受けているので、その分、打ちの効果を殺している。十兵衛は忽ちその点を見抜いた。

〈こいつ、出来るようになるな〉

天稟《てんぴん》を感じとったのである。それにしても顔をかばう垂直の剣が気に入らなかった。十兵衛は最高の迅《はや》さの斬撃《ざんげき》を送り、左門の脳天を打った。左門は又十郎同様昏倒したが、その直前にひきはだ竹刀を上げて、一応だが十兵衛の剣を受けていた。十兵衛の打撃の強さが、受けの竹刀もろとも、左門の脳天を斬ったことになるが……。

〈恐ろしい奴だ〉

十兵衛は一瞬、左門の反射神経のよさに強い衝撃を受けた。

〈それに較べて……〉

ぶざまに伸びている又十郎を見た。ご丁寧《ていねい》に青洟《あおばな》までたらしている。

十兵衛は又十郎を一蹴りして道場を出た。蹴りのお陰で息を吹き返した又十郎は、またびいびいと泣きだした。

十五歳

六年たった。

寛永四年。兄弟は十五歳になった。左門は友矩《とものり》、又十郎は宗冬を名乗った。この年、左門は家光の小姓になり、剣の相手を勤めることになった。前年、五年間家光の相手を勤めた十兵衛が家光の怒りに触れ、側近を離れて小田原に蟄居《ちっきょ》し、やがて柳生の庄に引き籠ってしまったためだ。

十兵衛が遠ざけられた理由は、いくらたっても家光をこっぴどく打ちすえることをやめなかったためとも、放埒《ほうらつ》が過ぎたためともいわれる。十兵衛の放埒ぶりは余程有名だったらしく、品川東海寺の沢庵《たくあん》和尚が特に宗矩《むねのり》のために書いて与えた『不動智』の中に、

『御賢息御行状の事、親の身正しからずして、子の悪しきを責むること逆なり。先づ貴殿の御身を正しくなされその上にて御意見もなされ候はば、自ら正しく、御舎弟主膳殿も兄の行跡にならひ正しかるべければ、父子ともに善人となり目出たかるべし』

と書いてある。さらに沢庵は宗矩が賄賂をとること、依怙贔屓《えこひいき》の激しいこと、能が得意で人にも強要することなどをむきつけな言葉で叱責している。文中『御舎弟主膳殿』とあるのは又十郎宗冬のことで、宗矩の正妻の子は二人とも出来が悪かったようだ。宗矩の出世主義で強欲な一面が、この結果を招いたのかもしれない。

ひとり妾腹の左門友矩だけが、端正な生活を続けていた。女にも酒にも狂うことなく、この頃流行した踊りにも興味を示さない。ひたすら剣に没頭した。左門を教えたのは宗矩の高弟木村助九郎だが、その助九郎が左門を「金春《こんぱる》大夫の再来か」と称賛している。これは七代目金春大夫を継いだ金春七郎氏勝のことである。金春七郎は剣を柳生石舟斎に学び、慶長十五年、惜しくも三十五歳の若さで死んだが、不世出の剣の達人と評された人物だ。

『中々によハきををのがちからにて
柳がえだに雪折ハなし』

これは七郎が剣の極意を詠んだ歌だが、柔軟無類、まさに舞いを思わせる剣だったという。左門の剣はその柳のように柔らかな剣によく似ていた。

二十歳に達した十兵衛三厳《みつよし》の剣は凄まじい豪剣で、宗矩さえ受けかねる時があったが、左門はこの剣を十本のうち八本までかわすことが出来る。十兵衛が歯ぎしりして打ちこむのを、それこそ柳のようにかわし受け流すのである。さすがに打ち返すには至らないが、木村助九郎はこれを嫡子《ちゃくし》の兄への遠慮ではないかとひそかに疑っていた。十兵衛の思いも同じらしく、仕合うたびごとに叱責するが、左門は穏《おだ》やかに微笑して、

「でも打てないんです」

そう答えるだけだった。宗矩が左門を家光の稽古相手に選んだのは、この穏やかさを買ったためかもしれない。だが家光に会ったことによって、左門友矩の人生は大きく屈折することになった。

＊

「どうした。参《まい》れ。参らんか」

家光が喚《わめ》いた。家光、この年二十四歳。宗矩について六年の研鑽《けんさん》の結果、殿様芸とはいえぬ剣の遣い手に成長していた。

左門は困惑していた。仕合をしようといわれたのである。今日は稽古日ではないので、宗矩がいない。それを理由に一度はことわったのだが、家光はきかず、到頭道場にひき出されてしまったのである。

左門の目から見れば、家光の腕は、いくら殿様芸を抜けているといってもそこそこのものでしかない。そのくせ傲慢《ごうまん》な剣である。十兵衛が痛打を与えたくなるのも当然だった。だが打ちこむのは論外となれば左門のとるべき道は二つだけだ。打ちこみをかわしにかわし、最後に一、二本お義理に打たせるか、あるいは家光の得物《えもの》を叩き落とす。左門は双方とも気に入らなかった。剣の稽古とはそんなものではない、という思いがある。この二つの手段は、ともに阿諛《あゆ》である。剣の道で立つ家が、剣の道で阿諛できるわけがなかった。こちらから打ちこむことなく、しかも剣は生き死にのものだと示さねばならぬ。

左門は心をきめた。手は一つだった。徹底的に打たれるしかない。家光を刺戟し、どうしても必要なら怒らせ、徹底的に自分を打たせるしかない。昏倒するような打たせ方はしない。昏倒してはいけないのである。打たれても打たれても、平然と立っていなければならぬ。そのことで家光に恐怖を覚えさせなければならぬ。打たれることの、あるいは斬られることの凄絶《せいぜつ》さを示すことによって、剣とは生き死にの問題であることを、それ以外ではありえぬことを、いやというほど悟らせねばならぬ。

左門はひきはだ竹刀を下げ『無形の位《むぎようくらい》』をとった。そのまますらすらとすすんで無造作に間境《まざかい》を越えようとした。

「それは悪し」

家光は宗矩の口ぶりを真似て叫ぶなり打った。左門は腕を打たれ、微笑した。九歳の時に身につけたこつで、打撃の力を殺している。そのまま、家光の身体にぶつからんばかりに間合をつめる。家光は跳び下って間合をとった。左門は前進をやめない。同じ軽い自然な足どりである。

「それも悪し」

家光が逆に一歩踏みこむなり打った。左門は胴を打たれ、また微笑した。家光にぴたりと据えた目は、打撃の痛みを些かも示していない。そのまま間合をつめる。家光は三度跳び下り、ひたひたと進んでくる左門を打った。今度は頭である。左門は軽く刃筋を避けて、肩を打たせた。袈裟斬りである。そしてまた微笑し、間合をつめてゆく。跳び下った家光は羽目板に身体をぶつけた。同じ足どりで近づいて来る左門を見る目に、恐怖が浮かんだ。人間はこわいと残虐になる。それからの家光の打ちこみは数こそ多いが滅茶苦茶だった。刃筋が立っていず、真剣だったら恐らく殴るだけで斬れていない不様な打ちこみである。左門は一撃も避けることなく、常に微笑を浮かべて、前進を続けた、いくら勢いを殺していても、これだけ打たれて平気な筈がなかった。左門の身体は痣《あざ》だらけだった筈だ。だが左門は微笑を消さず、息一つ切らさず、平然と間合をつめ続けた。

遂に限界が来た。左門にではない。家光にである。何度目かに羽目板にぶつかると、家光はそのままずるずると腰をおろした。両足を投げ出し、ふいごのような息を吐いた。顔色は蒼白だった。

左門は初めて足をとめ、微笑した。息も切れていず、涼やかな顔だった。すらりと云った。

「本日の稽古、これにて終わらせて戴きます」

家光は化け物を見るような目で左門を見た。

＊

その晩、左門は高熱を発した。自分で水を汲み、打たれた個所を冷やし、薬を塗った。一晩じゅうそれを続け、一睡もせずに翌日定刻に登城している。熱は引いていなかったが、気力で耐えた。あくまで涼しい顔を保った。

家光は依然として化け物を見るように左門を見ていた。

この日は稽古日ではなかったが、宗矩《むねのり》が御機嫌伺いに伺候《しこう》した。その宗矩に家光がせがむように云った。

「余にもあれを教えろ」

「何でございましょう？」

「身体を鉄に変える法だ」

宗矩は苦笑し、当流にはそのような術のないことを告げ、海彼岸の明《みん》の国にその術のあることを仄聞《そくぶん》したが、実際を見たことがないと告げた。

「嘘だな。現に左門がその術を使った」

「左門が？」

家光は昨日の仕合の様子を、克明《こくめい》に語った。己れの激しい恐怖、敗北感まで包み隠さず伝えた。宗矩は即座に左門の苦衷《くちゅう》と、その剣に対する誠実さを悟った。

「左門をお呼び下さい」

左門は小姓部屋に端坐しながら、ほとんど失神していた。家光の前まで達するのが、死ぬほどの苦痛だったが、なんとか耐えた。

「熱が高いな」

一目見るなり宗矩が云った。

左門は無言である。

「御前ではばかりあるも、裸になれ」

左門は動かない。宗矩の胸に、急にこの倅《せがれ》へのいとしさがこみ上げて来た。

「上様はそなたが身体を鉄にする術を心得ていると思っていられる。それでは本意ではなかろう」

左門は無言のまま裃《かみしも》をはずし、着衣をはねて上半身を曝《さら》した。

家光が思わず声をあげた。

昨日の打撃の痕がすべて紅く腫れあがり、明らかに熱をもっていた。別して肩と脇腹、腕がひどい。首から上は奇妙にも無傷だった。

「ご覧の通りです」

宗矩が静かに云った。

「鉄の身体なら、かようにはなりますまい」

家光は見たものが理解出来ずにいた。

「ただただ打たれていたというのか」

「御意《ぎょい》」

宗矩が左門にかわって云った。

「真剣なら膾《なます》のように切り刻まれていたぞ」

「御意」

　また宗矩である。

「だが……だが……余の負けだったぞ」

「御意」

　宗矩は微笑した。

「何故だ⁉」

「上さまには死兵の恐ろしさにお負けになったのです。死人《しびと》が生者に勝つことのあることを、左門はお伝えしたかったのだと存じます」

〈そして本物の剣の稽古の恐ろしさを〉

　と云うべきだったが、宗矩は黙っていた。家光に稽古を恐れさせてはならぬと判断したためである。剣法指南役としての打算だった。

　左門は素早くそれを察して、かすかに唇を歪《ゆが》めた。

「そなた自身は……」

　家光がその左門にじかに訊いた。

「それでなんの稽古をしたことになるのだ？」

　左門は微笑して、答えた。

「死んでなお勝つ法を……」

家光にはこの言葉は分からない。

「剣法は死なぬためのものではないのか」

「黙って殺されねばならぬ場合もございましょう」

家光は黙った。昨日の左門の姿が浮かんできた。斬られても斬られても、微笑しながら間合をつめて来る左門の、凄絶ともいうべき恐ろしい姿が……。家光は思わず慄《ふる》えた。

「そなたを斬った者は、終生、夢を見るだろうな」

家光は剣の道の真の恐ろしさを知った。

＊

そして家光はその夜、本当に左門の夢を見た。

純白の雪の肌のそこかしこに印された赤く腫れ上がった打撃の痕。それは痛々しいと同時に、胸をしめつけるような美しさを備えていた。元々がぬめるような肌理《きめ》のこまかい肌だからこそ、この美しさがある。

夢の中で家光はその肌をそっと撫でた。さらさらと乾いて、ひんやりと冷たく、そのくせ吸いつくような手ざわりだった。目が覚めても、その触感が残っている。家光は暫く恍惚の中を漂っていた。隣りに女が眠っていた。手をのばしたが、すぐひっこめた。この肌はうっすらと汗ばんで、ねっとりとしていた。

〈いやだな〉

身体をずらせて離れた。夢の中の乾いてさらさらした肌が好ましかった。

家光は深い溜息をついた。

次の日。

家光はまた左門を呼んだ。

「熱は下がったか」

「お気づかいなく」

昨日は大変だった。宗矩にしらされたお藤が目の色を変えてやって来て、医師は呼ぶわ、侍女を一人つききりで傷を冷やさせるわで、左門はおちおちと眠ることも出来なかった。医師は身体じゅうに膏薬をべたべたと貼ったが、あまりの気味悪さにすぐはがし、水をかぶって身体を清めた。そのお陰でまた熱が上がったが、左門は侍女に厳しく命じて、お藤に知られないようにした。

実の母なのに、左門はお藤が苦手である。妙にべとべととまつわりつく感じが、たまらなくいやだった。それが色気というものらしいことは左門にも分かったが、それなら色気などというものは真っ平御免だった。

お藤は女の勘でそれを知っていたらしく、左門に付けた侍女は、およそ色気のない、少年のような姿態の女だった。名は半である。何より清潔な感じがよかった。その半が、

「お城にお上りになるのはご無理です」

顔色を変えて云ったほどの熱を押して登城した。

家光がつと立ってくると左門の額《ひたい》に触れた。

「まだひどいな。何故休まぬ」

「お気づかいなく」

左門はもう一度同じ返事をした。

「傷を見せろ」

宗矩のように、裸になれ、とは云えなかった。家光の方になんとない恥ずかしさがあった。

左門は躊《ため》らいもなく、昨日と同様に上半身を曝した。赤い腫れはどうやらひき、今日は青痣になっていた。

家光はまたもや、美しい、と思った。躊《ため》ったが、そっと触れてみた。傷痕の熱は引いて

いるようだ。

「痛いか」

「いえ」

触《さわ》られると妙に疼《うず》くような感じがある。それだけだった。

家光は指を伸ばして傷のない部分に触れた。思った通りだった。陶器のようにすべらかで、さらさらと乾き、ひんやりとしていた。家光は無意識に、夢の中と同じようにそっと撫でていた。左門の肌がぴくりと慄えた。ちょっと身を引くようにした。反応のあったことが家光を大胆にした。白い肌の部分に、そっと唇をつけた。かすかに吸いながら、つつと唇を動かした。左門の肌がまたぴくりと慄えた。

軽いしわぶきの音がした。

はっと顔を上げた家光は、廊下に立っている人物を見て顔色を失った。それは大御所秀忠だった。秀忠は父家康にならって、早く将軍の座を家光に譲り、西の丸に入って大御所政治を行なっていた。自分がかつてそうだったように、家光には政治に深くかかり合わせることなく、重要なことはすべて自ら処理していた。

家光は秀忠が嫌いであり、同時に恐れてもいた。性酷薄《こくはく》な点は家康も秀忠も似たようなものだが、家康の陽に較べて秀忠はあくまでも陰である。何を見、何を考えているか、側近といえども窺《うかが》い知れぬところがある。それだけに不気味であり、恐怖のまとだった。

その恐ろしい大御所が、自分と半裸の左門を深沈とした目で見つめている。

「傷を改めていました」

家光は慌《あわ》てて云った。

左門は急いで衣服を改め平伏した。

家光がまた云った。

「私がつけた傷です」

「宗矩から聞いた」

秀忠は暗い声で云った。

「天晴れな男だ」

家光は自分がほめられたように嬉しかった。

「だがその者に手を出すな。宗矩の自慢の子だ」

厳しい声だった。秀忠は家光の癖を知っていたのである。

「きっと申しつけたぞ」

脳天唐竹割りのような命令だった。家光は一語も発することが出来なかった。

うつむいて辛《かろ》うじて憤怒の表情を隠した。

＊

その夜、左門は自分でも思いもかけぬことに、お半を犯した。別段女体を欲したわけではなかった。何か胸の中が騒いで、どうしても寝つけなかったのである。心配して膏薬を貼ろうとするお半の手を捉《とら》えて、自分の上に引きよせた。お半の身体を割り、侵入した時、左門はすぐ己れの間違いに気づいた。お半は痛みがすぎるとすぐ悦びの呻きをあげはじめたが、左門はしらけていた。果てた後も、違うという感じは去らなかった。胸の騒ぎは一向におさまろうとしないのである。

「許せ」

左門がお半に詫びたのは、だから本気だった。お半は悦びに涙を流しながら、激しく首を振った。

〈お半は誤解している〉

左門は困惑していた。暁方、お半は再びすりよって来たが、左門は眠ったふりをしていた。

数日たってお藤に呼ばれ、問いただされた時も、正直に本当の気持を告げた。

「あの子なら大丈夫と思ったのに……」

お藤は落胆したように云い、お半には暇を出した。お半が大川に身を投げたことを、左門は大分たってから聞いた。すまぬことをした、と心から思った。だがどう仕様もなかった。その時の、またそうなった後の女の仕種《しぐさ》が、左門にはわずらわしいとしか感じられないのだった。どうしてもっと淡白に出来ないのか、そう思う。君子の交わりは水の如し、という。そうしたさらりとした愛があってもいいではないかと思う。女の愛には節度も恥じらいもない。そして凄まじいまでの所有欲がある。本来所有欲は愛からもっとも遠いものなのではないか。それなのに女は、その所有欲さえ愛のあかしだと思いこんでいる。もっとも頻繁《ひんぱん》に愛について語りながら、もっとも愛には無縁な存在が女なのではないか。それに愛について語るとは何か。愛は語るものなのか。己れのうちこんでいる仕事について、己れの夢について、人の世の素晴らしさ、醜さについて、深い理解をもって話し合いながらそこはかとなく倖せ《しあわ》を感じることこそ愛なのではないか。そんな愛が女たちと果たして交わされるものだろうか。そんな愛に応えられるのは、男しかいはしない。衆道《しゅどう》というとひどく忌《いま》わしい感じがするが、それは女たちの嫉妬にすぎないのではないか。男を本当に理解できるのは男だけである。理解の上に基づいた愛を望むなら、男は男しか愛の相手に選ぶことは出来まい。

二十二歳

だが左門と家光の愛の成就には、七年の歳月が必要だった。大御所秀忠の厳しく酷薄《こくはく》な目が、二人の上にじっと据《す》えられていたからだ。

寛永九年正月、秀忠はやっと死んだ。その年、柳生宗矩は家光から三千石の加増を受け惣目付の要職につけられている。

その翌々年、三十一歳の家光は初めて京に上った。実に三万の軍勢をひきつれた示威行動だった。家光が真の将軍になったのはこの時からだ。左門は徒歩頭《かちがしら》としてこの上京に供奉《ぐぶ》した。父の宗矩も同行している。そしてその帰途、久能山に立ちよった時、家光と左門は初めて結ばれた。左門は二十二歳の匂うような若武者だった。

左門は倖せに酔った。初めて真実の恋の相手を得たからだ。徒歩頭として二千石の領地を得たことも、父の宗矩が遂に一万石の禄を得て大名の座に列なったことも、この倖せには無縁だった。純一無雑《むざつ》の恋だったのである。恋を得た乙女同様に、左門友矩は花の咲いたように美しさを増した。誰の目にも隠しようはなく、また家光も左門も隠そうともしなかった。

家光はかつて自分の地位を奪いかけた、弟であり宿敵でもある駿河大納言忠長を自殺に追いこみ、年来の宿願を果たした。もう家光を邪魔する者は、この世に一人もいなかった。

家光は左門との恋の永遠に続くことを信じた。

二十六歳

「これ以上、放置するわけにはゆきません。あれは柳生一門の恥辱です」

寛永十五年。宗矩《むねのり》が大名に列してから二年たっている。

ここは虎の御門にある柳生藩上屋敷だった。

百目蠟燭《ろうそく》の下に、三人の男たちが集っている。柳生宗矩と嫡男の十兵衛三厳《みつよし》、そして又十郎こと主膳宗冬《むねふゆ》である。

又十郎は左門の剣技が上達すればするほど、剣法が嫌いになっていった。病と称して稽古を休んでは、能楽にこり、やがてその道ではひとかどの男になった。奇妙なことに能に秀でるようになると、逆に剣への関心が深まって来た。今までいやいやさせられて来た剣の稽古が、全く違う形で目に映って来たのである。

元来、能と柳生新陰流はどこかで深く関わりを持っていたらしい。

『（柳生新陰流は）技法、心法の具体的内容に関しては、大和の国という同じ文化基盤に成立した能と、かなり緊密な交渉があったらしい』

と柳生研究の第一人者渡辺一郎氏も指摘されている。宗矩の高弟木村助九郎の手になる『兵法聞書』には、金春流猿楽に『一足一見』という秘伝があり、柳生石舟斎はこの秘伝を手に入れるために、柳生新陰流の秘伝『西江水《せいごうすい》』との秘事交換を金春七郎の父、六代目金春大夫八郎に申し込んだことが書かれてある。『西水江』とは『石火の術』であるという註解があるが、『一足一見』が何を意味するかは筆者には分からない。

とにもかくにも、能は又十郎に剣法への新しい目を開かせてくれた。又十郎は剣法修行のために山へ入ったと伝えられている。あるいは十兵衛と同じく柳生の庄に籠り、石舟斎以来の剣の道を引き継いだ古い弟子たちを頼り、本来の柳生新陰流の研鑽《けんさん》に明け暮れたのかもしれない。父宗矩の柳生流は石舟斎の正統からは大分はずれたものだった。宗矩は柳生家再興の悲願を背負って、若年から各地を遍歴しており、石舟斎に手ずから教えを受けた年数はごく短い。だからこそ石舟斎は一国一人の新陰流の道統を、宗矩ではなく、その甥《おい》である柳生兵庫助に譲っている。

又十郎はこの数年の研鑽によって、生まれ変わったような剣士として江戸に戻って来ていた。左門が家光の寵愛を受けるようになってから、又十郎も三百石の封禄を貰っている。

十兵衛もまた御書院番の地位にあった。柳生一族は父子共に幕府に重用され、石高《こくだか》は少なくとも羽振りのいい立場にあった。

それがすべて左門のお陰だというのは間違いだろう。少なくとも宗矩の大名昇格と惣目付就任は、秀忠の遺志ではないかと思われる。秀忠の時代には完全な蔭働きだった隠密の役目を、自分の死とともに公《おおや》けの立場に直させたのである。家光には、柳生を蔭で働かせておくだけの陰険さも才覚もなかったからだ。

だが、秀忠時代の宗矩の働きは極秘である。当然、幕閣のごく一部を除いては、誰一人知る者がない。人々の眼前にあるのは、柳生新陰流の総帥《そうすい》、将軍家剣法指南役という表向きの顔だけである。剣法指南役に一万石の禄は大きすぎる。新陰流道統の正式の継承者である柳生兵庫助さえ尾張藩剣法指南役としての禄高は、たかだか五百石にすぎない。

宗矩の一万石は世人には不可解である。もっと不可解なのは、左門の二千石だった。しかも家光と左門がほとんど公然の仲だったのだから、ろくでもない噂が立つのは当然といえた。

「但馬《たじま》殿はまことによい御子息に恵まれなされて」

という間接話法型から、

「先祖代々の槍先の功名も、遂に尻一つに及ばぬとは世も末だ」

という直接話法罵倒型まで、それこそ蜂の巣をつついたような騒がしさがいつまでも続いたのである。

最悪の噂の火元は、奇怪にも家光の側近である小姓組から出ていた。左門と家光の恋がなまじ真正の恋だったのがいけなかった。小姓組の何人かは、家光の寵をえていた。だがそれはあくまで情事であり、ほとんど肉体的なもののみにとどまっていた。左門の場合のように、七年も待った全身全霊の恋とは較べようもなかった。だが情事の相手が、本物の恋の相手に強烈な嫉妬を抱くのは、女も男も変わりはない。八つ裂きにしてもあきたらない恋敵《こいがたき》である。その上、左門の名誉の剣は高名である。つまりこの恋敵は、天下無双の剣の達人でもあるのだ。いかに憎み嫌おうと、喧嘩を売って殺すことのかなわぬ相手なのだ。殺されるのは喧嘩を売ったほうにきまっていた。まるで万全の恋敵だった。それだけに憎む者たちの怨念は深い。

左門は今や四面敵だった。大名、直参はもとより、御台所を初めとする大奥の女性たちまで、左門に憧れ、左門を憎んだ。そして、そのとばっちりが柳生一族に及んだ。

最も困難な立場に立ったのは、他ならぬ宗矩である。惣目付とは、大名ぜんたいの監察に当たる職務である。諸大名の政治のしぶりから奥向きの行状まで探索の手をのばし、少しでも傷があるとその大名を呼び出して注意を促し、それでも聞かぬ場合はその家を潰すこともある。そんな立場にいる者の伜《せがれ》が将軍の愛人ではどうにも格好がつかないのは当然だった。もっと困るのは伜を将軍に捧げることによって今の地位を得た、という評判だった。秀忠時代の実績をもち出すことが不可能である以上、この評判については歯をくいしばって耐えるしかない。

十兵衛は十兵衛で、御書院番という役柄上直参旗本たちからの絶えざるいやがらせに曝されている。永い柳生の里暮しでかなり抑えられるようになってはいたが、十兵衛の癇癪は今にも爆発しそうなところまで来ていた。一触即発といっていい。明日にでも、城中で十何人かの直参たちが叩っ斬られるという惨劇が勃発しても少しもおかしくない状態だった。

それでも宗矩と十兵衛の立場は、又十郎宗冬よりましだった。この二人は地位の上からいっても、剣の腕からいっても、そう軽々に嘲《あざけ》ることの出来る男たちではない。ましてからかうなど論外だった。いつむかっ腹を立てて剣をすっぱ抜くか分からない。

そこへゆくと、少なくとも外見上は又十郎は穏やか一方の男である。剣の腕もそれほどのことはないという噂だったし、なにより内省的で無器用で、はきはき口もきけない田舎者だった。ただでさえ、からかいの対象にぴったりの男だ。あてこすり、嘲笑、罵言、それこそ雨霰《あめあられ》である。左門に較べればまことに不当な待遇であり状況だったが、意外にも又十郎本人はさほど気にかけていなかった。幼時から兄に、次いで父に、罵詈雑言《ばりぞうごん》を浴びせかけられて育ったために、この手のことに慣れていた。今風にいえば挫折に強い型なのである。左門との不平等にしても、当然のことだと思っている。これも幼時からの慣れでもあったし、そのうえ又十郎は平気で左門の才能を認めていた。

〈左門はひどい損をしている〉

逆にそう思っているくらいだった。家光とのことさえなければ、左門はもっともっと華麗に花咲いた筈の男である。その輝かしい前途を棒に振ってまで家光の愛人でいるということは、真剣に惚れたからに他ならない。又十郎はそう見ている。つまり又十郎は肉親の中でほとんどたった一人の左門の恋の理解者だったのである。

「病いを理由に……」

宗矩が重い口で云った。

「左門にお役辞退を申しこませ、柳生に隠棲《いんせい》させることにしよう。江戸から離しさえすれば……」

そうなれば左門は家光と会うことが不可能になる。家光の方もまさか柳生まで出掛けてゆくわけにはいかない。会う機会さえなければ、そこはそれ、去る者は日々にうとし、というではないか。

「生木を裂くわけですか」

又十郎がひどく辛そうな声で云って、宗矩と十兵衛を驚かせた。

「悲しみますよ、二人とも。可哀そうだな」

又十郎の声はしめっている。

「勝手に悲しませておけ！」

十兵衛が怒鳴った。

「いやだなどぬかしたら、その時こそ一刀のもとに斬ってやる」

本気だった。それほど十兵衛は頭に来ていた。

又十郎が小さく呟いた。

「兄上に斬れますかね、左門が」

十兵衛は横つらを張られたように、まじまじと又十郎を見た。

二十七歳

柳生一族の不安は杞憂に終わった。

左門は素直に父の命令をきき、病いと称して徒歩頭を辞任し、柳生の里に引き籠った。

左門は前々から、父たちの苦衷に気づいていた。家光との恋が終わったわけではなかった。左門はただ己れの倖せだけをむさぼることを一個の男として恥じた。家光との恋も五年になる。沈静期に入ったといってよかった。たとえ会うことがかなわなくても、充分に心は通う筈である。そう信じての柳生落ちだった。

だが恋もまた剣の道と変わりはなかった。一日一日が真剣勝負だった。会わずとも確かに心は通うかもしれない。だが心が通うだけでは足りなかった。どうしても身近に置いて、声を聞き、手に触れ、表情を見たい。その思いが何にも増して強くなってゆくのである。

先に耐え難くなったのは家光の方だった。家光とて左門が柳生にやられた理由は知っている。だから正当の、かつ、のっぴきならぬ理由のない以上、左門を江戸に呼び返すことのかなわぬことも知っていた。

家光は思案の揚句、その理由を見つけた。左門を大名にすればいい。毎年四月に大名を江戸に下らせ、住まわせるいわゆる参勤交代が、条文として定められたのは、寛永十二年に家光の発布した『武家諸法度』からだ。大名になればこの法によって、どうしても江戸に出て来なければならない。当時、一万石以上を大名といった。家光はなんと十三万石のお墨付を左門に送った（四万石という説もある）。左門はこのことをすぐ宗矩にしらせた。

宗矩の怒りは凄まじかったという。関ケ原以来のたび重なる隠密・暗殺の蔭働きによって、宗矩はようやく、一万石の最低の大名になった。左門友矩はなんの武功もなく、ただただ恋のために十三万石の大名になるというのである。怒らない方がどうかしていた。

宗矩は同時に、幕府に禄を食《は》むすべての武士が、この加増に対して、自分と同じ怒りを示すであろうことを思った。怒りは家光に向けられるべきものであるが、それが出来ぬとなれば柳生一族に向くしかない。一族は当然すべての徳川家臣団の怒りと怨みのまとになってしまう。それは直《ただ》ちに柳生一族の崩壊につながる筈だった。もう遅疑する場合ではない。宗矩は十兵衛をよび、ひそかに柳生に向かうことを命じた。目的は左門友矩の暗殺である。これこそ江戸柳生の本業だった。

十兵衛が柳生の隣村大河原村に足を踏み入れたのは、寛永十六年六月五日の夜である。ここは左門の二千石の領地の中であり、屋敷もまたここにあった。

十兵衛は任務上、絶対に里の者に顔を見られてはならない。十兵衛がこの土地にいたことが分かれば、家光はすべてを察する筈である。家光の怒りは、柳生家を滅ぼすかもしれなかった。

蒸し暑い夜だった。家々はいずれも戸を開け放ったまま、眠りについていた。

左門の屋敷も同様である。やすやすと塀を乗り越えた十兵衛は、庭に面した縁先に白い帷子《かたびら》を着た男の影を見た。

左門だった。

涼やかに端坐して、茶を喫しながら、月を見ていた。

「遅かったですね」

十兵衛が音もなく近づいたにも拘《かかわ》らず、左門が先に声をかけてきた。顔も向けようとしない。月を見る姿勢を崩さなかった。

「昨夜はもう少し涼しく過ごしやすかったのですよ」

十兵衛は三池典太の佩刀《はいとう》を抜いた。一切《いっさい》口をきいてはならぬと宗矩から厳命されている。誰に聞かれて、十兵衛と見あらわされるかもしれないからだ。その気持を見抜いたように、左門が云った。

「河原へ降りましょう。あそこなら人っ子一人いません」

白帷子に案内されるのは、なにやら地獄めぐりに似て、無気味だった。

河原に出ると瀬音が高く、話をしても遠くまできこえる心配はなかった。

「又十郎が……」

十兵衛が卒然と云った。

「わしにお前が斬れるか、と云いよった」

左門が微笑した。

「又十郎殿は手をあげられました」

これは又十郎の言葉を肯定したことになる。十兵衛は不思議なものを見るように、左門を見つめた。

「大分自信があるようだな。俺の剣をよけきれるというのか」

「私は二十七です」

左門は微笑のまま云った。

「二十七で死なねばならないのなら、せめて何か一つ、この世に遺してゆきたいと思います」

「ほお」

十兵衛が嘲《あざけ》るように云った。

「柳枝の剣。柳の枝の剣です。柳枝は力ずくでは折れず、はね返って兄上の右眼を刺すでしょう」

十兵衛の右眼を貰《もら》うと前もって宣言したことになる。大胆不敵といえた。

「柳枝の剣か。見せて貰おう」

云うなり十兵衛は斬撃を送った。凄まじい早さを誇る石火の剣である。左門はかわすともなく、その剣をはずし、すらりと抜刀した。剣尖《けんせん》を垂れ『無形の位』につけた。憎いまでに落ち着いている。

「どうぞ」

十兵衛の胸に怒りが湧いた。怒りが豪剣の速度を信じ難いものにした。眼にもとまらぬ斬撃が、雨霰のように左門を襲った。

信じ難いことだった。左門はその十兵衛の剣をことごとく、しかも余裕をもってしのいだのである。だが攻撃はしない。ひたすらしのぐ。十兵衛は子供の頃の左門を思い出していた。まさにあのしのぎだった。まるで骨がないように柔らかく、身体を撓《しな》わせてすらりとかわす。かわせぬ剣ははじき返す。

実に四半時（三十分）に及ぶ攻撃であり、しのぎだった。さすがの十兵衛が、ようやく疲れた。十兵衛の斬撃は一つといえども左門に触れず、帷子は依然純白を保っていた。

十兵衛が息を入れた時、左門が云った。

「そろそろ終わりにしましょう。川漁師が来る頃です」

十兵衛が新たに旋風を巻いて斬撃を送った時、左門の刀は下からすり上げながら、正確に十兵衛の右眼を突いた。十兵衛は一瞬に視界を失った。

「うぬ」

呻きながら十兵衛は、反射的に疾風のような剣を横ざまに送っていた。

今度は左門はかわしもしのぎもしなかった。十兵衛の剣はその腹を充分に斬った。まるで左門が自ら切腹したような傷になり、左門は微笑を浮かべたまま、ゆっくり膝をついた。

「柳枝の剣。忘れぬぞ」

十兵衛が云った。

ぼうふらの剣《けん》

泣き虫

柳生飛騨守宗冬《むねふゆ》は運のいい男だといわれている。

柳生宗矩《むねのり》の子息中、剣技において最も劣る身でありながら、兄二人の夭折《ようせつ》によって不思議にも柳生家を継ぐことになったからだ。同じ齢の兄友矩《とものり》は寛永十六年（一六三九）六月六日、二十七歳で死に、長兄で家を継いだ十兵衛三厳《みつよし》はその十一年後の慶安三年（一六五〇）三月二十一日、四十四歳で川漁中に急死している。この二人が永生きしていたら、宗冬が柳生の当主になり、時の将軍家綱の剣法指南役になることなど絶対になかった筈である。

それだけではない。

柳生家は宗矩の晩年に一万二千五百石を頂戴している。一万石以上は大名と呼ばれるから、柳生家は小なりといえども大名の席に列《つらな》ったわけだ。それが宗矩の死と共に、後継ぎの十兵衛三厳に八千三百石、宗冬に四千石、末弟の義仙に二百石（これは柳生芳徳寺の寺領である）と三分割されてしまった。結果として柳生家は大名ではなくなり、元の直参旗本に戻されたことになる。十兵衛三厳が怒り狂って、病いと称して柳生に引き籠り、以後二度と江戸に出なかったほど、これはあんまりな仕打ちだった。最愛の恋人だった友矩を、病死と称して殺した十兵衛への将軍家光の復讐だったといわれる所以《ゆえん》である。

以後、柳生家にとって元の大名に戻ることが藩をあげての悲願となった。

その悲願を、宗冬は実に十八年の努力の末、達成している。寛文八年（一六六八）十二月二十六日、千七百石の加増を受けて、一万石となり、翌九年十一月十五日にその御朱印を頂戴しているのだ。柳生家は再び大名に復帰出来たわけだ。以後幕末に至るまで柳生家は変っていない。その意味で宗冬は柳生家の基礎を磐石にした人物といえる。

父宗矩が惣目付になったような、格別政治的に重要な役割をつとめたわけではない。ただただ剣法指南を続けただけでこれだけの処遇を受けるとは、泰平の時代においては稀有《けう》のことだ。

ここにも宗冬の運のよさがこの結果を生んだのだといわれた理由がある。

家庭的にも宗春《むねはる》・宗在《むねあり》の二男と三女を持ち、後継者という点で些《いささ》かの不安もなかった。

十兵衛三厳が女の子ばかり二人しかいなかったために家の絶えたことを思えば、これも好運の一つといえるだろう。

だがこれはすべて後世の評価である。宗冬本人は、幼年の時から、自分ほど不運な男はいないと堅く信じ切っていた。呪われた子だと思うことさえ屢々《しばしば》だった。

不運は出生の時からあった。柳生家の家譜『玉栄拾遺』には友矩は宗冬の二歳年長のように書かれているが、実は同じ年の生れである。友矩の方が僅かに早かったので、兄ということになった。宗冬は宗矩の正妻の腹だが、友矩の方は妾のお藤の生んだものだ。生れた時から人形のように目鼻立ちの整った、色の白い赤子だったという。お藤に似たのであろう。これに反して又十郎と呼ばれた宗冬の方は父に似て容貌魁偉、なんとも可愛げのない赤子だった。宗矩の寵愛が左門友矩に偏したのは見やすい道理である。

母が生きていれば、宗冬の不幸はそれほどではなかっただろうが、その母は産後の肥立ちが悪く、その年に死んでいる。宗冬の養育はお藤の手に委《ゆだ》ねられた。

又十郎は泣き虫だったと云われる。あたかもそれが重大な欠陥であったかの如く云われる。だが当歳で生みの母を失い、同年の兄の生母に当る女性に養育された子が、泣き虫だったと云って非難されていいものだろうか。顔も知らぬ亡き母への恋慕の情が又十郎を泣き虫にしたのである。底なしの淋しさがいつでもこの子供の胸の中にあった。その淋しさが涙を呼ぶのだった。武門の子にしては感じやすすぎるかもしれないが、又十郎の気持は充分理解出来る。又十郎の眼に映じた世間は、幼時から既に悲しみの色に染め上げられていたのである。

だが父の宗矩も、六歳年上の兄十兵衛も、又十郎の悲しみに気づくほど優しくはなかった。それに宗矩は忙しすぎた。又十郎の生れた三年後、大御所家康が死に、将軍秀忠はやっと自分の思い通りの政治が出来るようになった。関ケ原以来、秀忠の側近として生きて来た宗矩にとっては、正に絶好の働きどころだった。

秀忠にとって目の上のこぶの如き存在だった異母弟松平忠輝《ただてる》の改易と流罪を皮切りに、福島正則など豊臣恩顧の大名を次々ととりつぶし或るいは転封させ、娘の和子《まさこ》を強引に後水尾天皇の妃とし、元和《げんな》大殉教と呼ばれたほどキリシタンを大量に処刑し、という調子で、秀忠本来の残忍酷薄な性情がほとんど一気に爆発し露呈したのは、すべてこの元和年間なのである。宗矩はそのほとんどの事件の裏で、諜者のかしらとして、或るいは刺客人の総帥として、全国をとび廻っていた。

一方、長兄の十兵衛は元和二年から、小姓として秀忠に仕《つか》えている。十歳である。更に三年後の元和五年には家光付きになる。家光十六歳、十兵衛十三歳。十兵衛は父宗矩をしのぐ剣の天才だった。十三歳で既に家光の相手ではなくなっている。だが十兵衛の役は打たれ役である。宗矩が教えた型に従って、家光は十兵衛を打つ。癇の強い十兵衛にはこれが気に入らない。いくら将軍とはいえ、こんな下手くそな剣に斬られてたまるか。その思いが、三本に一本は家光の剣をはずさせ、十本に一本は逆にこっぴどく打ち返させるに至った。当然その度に宗矩から激しく叱責され、時にぶん殴られもするが、十兵衛は頑として態度を改めない。この性癖がわざわいして後に家光の機嫌を損ね、小田原に蟄居《ちっきょ》ということになり、更に十年の諸国回国修行と発展するのである。

とにかく十兵衛は面白くない。勢い屋敷に戻ると幼い弟たちに当ることになる。道場にひっぱり出し、稽古と称して袋竹刀でひっぱたくのである。勿論又十郎だけではない。左門も同じ目にあうのだが、あまりの美貌がさすがの十兵衛に左門への打撃を躊《ため》わせた。頭や顔に傷をつけたら大変だという気持が自然に働くのである。父も怒るだろうし、お藤に冷くされるのも気色のいいものではない。そこへゆくと又十郎の方は誰にはばかる必要もなかった。面相もぶっこわした方がいいような代物《しろもの》だ。遠慮会釈なくひっぱたくことが出来る。

これで泣くなというのは無理であろう。泣けば十兵衛は焦だって余計強くひっぱたく。又十郎は前に倍してぴいぴい泣く。まるでいたちごっこだった。

それでも又十郎は一度でも十兵衛のしごきから逃げたことがない。やや長ずると左門の方は要領よく、十兵衛が帰邸する直前に屋敷を出てしまったり、仮病を使ってみたりしたが（勿論お藤のさし金もある）、又十郎の方はそれが出来ない。つまり要領が悪いのである。必ずとっつかまってひっぱたかれる破目になった。

だが人生とは奇妙なもので、変なところで平衡《へいこう》を保っているようなところがある。又十郎について云えば、ひっぱたかれればひっぱたかれるほど、痛みについて鈍感になった。その証拠に口ではひいひい泣き喚くくせに、又十郎は気を失ったということがない。まともに脳天をぶん殴られても、実のところそれほどの衝撃は感じないのである。けろりとした顔をしていようと思えば出来ないことはない。だがそれでは十兵衛が益々躍起になるのが勘で分るから、泣いてみせるのだ。

やがてそれが外貌にも現れるようになった。背は低いがどっしりと腰が坐り、小肥りのように見えるが実は全身筋肉の塊《かたま》りである。首は異常に太く、胸は厚く、うしろから見ると背中がつい立てのように広く見える。腕も脚も太い。もっともこれは父の命令を馬鹿正直に守って、日に千回の素振りと三里の疾走を欠かさなかった結果である。

ちびで、ずんぐりむっくりしていて、度重なる打撃のため耳も鼻もつぶれている。痩せぎすですっきりと背が高く、柳のようによくしなう身体と、端正で色白な顔を持った左門友矩とは文字通り月とすっぽんだった。

己の容貌を気にかけない男はいない。当然又十郎は不幸だった。

五丁町

「兵法がいやになったよ。人のを見ているだけで気分が悪くなる」

又十郎が云った。頭の下に柔かな女の膝がある。

吉原の京町《まち》一丁目の角店『大三浦屋』の一室だった。もっともこの吉原は後年『元吉原』と云われた庄司甚右衛門の創立になる初期の御免色里である。

寛永九年の秋。又十郎は二十歳になっている。

女は局《つぼね》女郎だった。太夫、格子、局と云われる順位の中の最下級の女郎である。又十郎のような部屋住みの男が買えるのは、せいぜいがこの位の女である。それでも決して楽ではなかった。

この当時、太夫と格子は揚屋《あげや》に呼ばねば遊べないしきたりである。客が指名すると揚屋では『揚屋指紙』という一種の借用証文を遊女屋に書き、それに応じて女がやって来る。江戸町《ちょう》から京町へ、或るいは逆に京町から江戸町へと太夫又は格子が行く。それを『道中』と洒落て云った。局女郎は揚屋へ行かない。遊女屋の中の自分の部屋（これが『局』

だ）で客を取る。だから今、又十郎は『大三浦屋』の二階にいた。

「兵法をやめなんして何をしなさんす」

女が訊く。当然の問いである。剣法指南役の家に生れて、剣法がいやだ、では通るまい。

「そんなこと知るか。とにかくいやなものはいやだ」

又十郎が叩き出すように云った。その額が青黒く腫れ上っている。明らかに木刀の打撃によるものだが、これは十兵衛ではない。父の宗矩《むねのり》に思い切り打たれて、又十郎はないことに失神したのである。目が醒めた時、又十郎は兵法をやめようと決心していた。

城中だった。将軍家光に対する宗矩の指南の助手をつとめていた。打《うち》太刀の役である。打太刀は常に敵方《がた》を意味する。打太刀に対して柳生新陰流の術を使うのが使《し》太刀で、この役は勿論、宗矩が演じていた。家光が納得するまで一つの型を繰り返し見せ、次いで、家光に使太刀を使わせる。それが宗矩の指南である。

本来ならば新陰流は他流のような型稽古は行わない。型を教えるのも試合形式なのだ。つまり敵方である打太刀は、必ずしも使太刀に都合のいいように振舞わなくてもいいのである。使太刀側に明かな隙があれば、逆に打太刀側が使太刀側を斬ってもいい。だからこそ十兵衛三厳は、時に家光をこっぴどく斬ってみせて不興を買った。そのため国もとで謹慎を命ぜられ、いわゆる諸国武者修行に出ていた。隠密行ともいわれるが、いずれにしても家光に嫌われた末であることは、前後のいきさつから考えて明らかであろう。十兵衛に替って、左門と又十郎が交互に宗矩及び家光の打太刀をつとめることになっていた。

事件は又十郎が『三学の太刀』の打太刀を宗矩相手につとめていた時に起った。原因は不明だが、この日突然、又十郎には宗矩の太刀が見えた。まるで時間の運びが突然遅くなったように、宗矩の太刀ゆきが順を追ってはっきりと見えたのである。太刀ゆきが見えれば、これをかわすことも、或るいは逆をとって斬ることも可能だ。即ち、少なくともこの一瞬において、又十郎は宗矩を超えたことになる。

又十郎の気分は嘗てないほど楽々としていた。相手の手が見えればいやでもそうなるものだ。

〈親父を斬ってやろうかな〉

ふっとそう思った。今なら出来そうな気がした。又十郎はその逆襲の軌跡を脳裏《のうり》に描いてみた。たった一つ障碍《しょうがい》があった。この時、又十郎の持っていた木刀は定寸を少し欠けていた。ほんの一寸五分ほどだったがそれが肝心の時に僅かに太刀ゆきを遠くする。その分踏み込みを深くすればいいわけだが、この踏み込みの加減が難しかった。

〈まあいいさ〉

又十郎は承知の上で、使太刀の打ちこみをはずし、意外の反撃を送った。だがさすがに宗矩である。身体をそらしざまに再度の反撃で又十郎を斬った。予測通り一寸五分の不足が致命的だった。又十郎は思わず、

「やっぱり短かったな」

そう呟いてしまった。

これがいけなかった。独り言のつもりだったのに、家光に聞こえてしまったのである。家光は自分の腕はさほどではないが、眼だけは肥えていた。いわゆる見巧者《みごうしゃ》である。今の型で又十郎が危く宗矩を斬るところだったのを充分に見ていた。

「長いのに替えてやってみよ」

又十郎は宗矩の顔が怒りで青黒く変ったのに気付いた。

〈まずいことになったな〉

そうは思ったものの上さまの命令では仕方がない。又十郎はやや寸の延びた木刀に替えた。宗矩は無言だった。凄まじい眼で又十郎を睨《にら》んでいる。

〈何もそんなに怒ることはないじゃないか〉

又十郎はまだ気楽な気分でいた。

型通り向い合った。宗矩は木刀を垂らしたままだ。これは先刻の型とは違った。

〈何か云うつもりか〉

又十郎は一瞬迷った。宗矩が家光に何か解説するのかと思ったのである。それは許すべからざる油断だったが、それにしても宗矩の足運びは異常な早さだった。進んだとも見えぬ間に、宗矩は間境《まざか》いを越え、又十郎の眼前にいた。

「せがれ、推参なり」

宗矩は喚くなり真向《まっこう》唐竹割りに又十郎を斬った。


〈あの足の運びは何だ〉

女の膝の上で、又十郎は又してもあの一瞬を胸の中で再現して見ている。不審だった。十何年の間、父の剣を見て来て、一度たりと見たことのない足の運びだった。

〈どうして俺は動けなかったんだろう〉

蛇に魅入られた蛙同然に自分は茫々然として、いつ宗矩の足が間境いを越えたのかも見ていない。はっと我に返った時は、もう眼前にいた。相手の心を虚にするような足の運びと云えようか。

〈親父殿は俺を憎んでいたな〉

自分を斬る直前の宗矩の顔を、又十郎は鮮明に覚えている。凄まじいまでの憎しみが、全身から立ちのぼっていた。それが双眸《そうぼう》の光に集約され、又十郎を射た。

〈殺されるかもしれない〉

そんな予感があった。このまま屋敷にいることの危うさが切迫した思いになって、又十郎はお藤に金を貰うと吉原へすっとんで来たのである。

「親父に殺されるのはいやだ」

思わず声になった。なんとかして屋敷を出なければならぬ。女が不審そうに又十郎の顔を見下していた。

又十郎は仲ノ町の通りを大門に向って歩いた。

黄昏《たそがれ》が降りて来ている。

遊女たちの弾くみせすががきの音が廓《くるわ》の中を満たしている。店先の提灯《ちようちん》に火が入った。かわたれどきと呼ばれるこの時刻ほど、吉原の華麗さともの悲しさを同時に感じさせる時はない。

又十郎はうら淋しかった。屋敷に帰りたくない。出来るものなら幾晩でも居続けしていたかった。だがそんな金があるわけがない。それに侍は夜は必ず屋敷に居なければならぬ。それがきまりだった。

〈侍なんてつまらないもんだな〉

今日の又十郎にはその思いが身に沁みて感じられた。妙な掟《おきて》で日常の暮しさえがんじがらめに縛られていて窮屈この上ない上に、実の父に斬られる心配までしなくてはならない。こんな割に合わない暮しはなかった。といってこの暮しを捨ててどんな生き方が出来るか、又十郎には皆目分らない。

〈八方塞《ふさ》がりか〉

自嘲するように笑いかけた時、又十郎は人にぶつかりかけた。さすがに鍛えている身体である。咄嗟《とっさ》に素早く身をかわして、実際に衝突することはなかったが、相手はのめってたたらを踏んだ。見ると六方者といわれる無法者である。派手な格好で馬鹿長い刀を一本差した連中が六人いた。

「六方者だと思って馬鹿にしやがったな」

ぶつかりかけた相手が喚いた。他の五人が素早く又十郎を囲んだ。

又十郎の方は何が何だか分らない。ぽかんと相手の顔を見つめて無言である。

「薄ら笑いなんかしやがって気に入らねえ。刀を抜け、この野郎」

いうなり長い刀をすっぱと抜いた。見事なものだ、と又十郎は感心した。まるで手妻である。

「何ぐずぐずしてやがんだ。手が震えて刀が抜けねえか」

又十郎の沈黙をいいことに、男は益々いきり立った。他の五人も刀の柄に手をかけて、腰を落とし、いつでも抜き討てる格好である。

ひとわたり見廻して、又十郎は馬鹿馬鹿しくなった。どの男にも本物の殺気は見当らない。つまりこれは一種の見世物なのだ。見世物は又十郎の最も苦手とするところである。別に格別の思案があったわけではない。ほとんど無意識に又十郎は双刀を鞘ごと帯から抜きとっていた。

「刀が欲しいらしいな。ほら、やるよ」

顔を真赧《まつか》にして喚いている相手の足もとに無造作に放《ほう》った。相手は一瞬虚をつかれたような顔をした。その時はもう又十郎は歩き出している。相手の脇を平然とすり抜け、大門に向っていた。ひどくさばさばした感じだった。もう侍はやめた。兵法ともおさらばさらばだ。

六方者たちは茫然と見送ることしか出来なかった。こんなに簡単に両刀を捨ててゆく武士など考えることも出来なかったからである。

又十郎はそのまま屋敷へ戻らなかった。

猿楽師喜多七大夫の家へ向った。

猿楽

『寛永九壬申年、公一日土居氏ニ至リ、喜多十大夫カ猿楽能ヲ見玉ヒ、其術妙神ニ入、公感悟シ、煉磨日夜ニ進ミ云々』

これは柳生家の家譜『玉栄拾遺』の中で又十郎が猿楽に入れこんだことを録した言葉だが、にわかには信用出来ない。何よりも喜多十大夫は寛永九年には九歳で、まだ舞台に立っていない。十大夫の初演は翌寛永十年十歳の時で、それも深川八幡造営のための勧進能に、父七大夫と共に五日間の興行に出たのである。『玉栄拾遺』に云う「土居氏」とは恐らく時の老中で才物の聞こえ高い土井利勝のことかと思われるが、その土井屋敷で九歳の十大夫が舞ったとは思われず、ましてや『其術妙神ニ入』とは到底考えられない。これは多分喜多七大夫の誤りであろう。

北（喜多）七大夫長能《おさよし》は堺の医師の子に生れながら金剛大夫の嗣子《しし》格となり、金剛三郎を名乗り、金春《こんぱる》大夫安照の女婿となったが、その異能ぶりを見て子孫の仇となると警戒した安照が充分指導してくれなかったと伝えられるほどの名手である。大坂の陣では豊臣方につき、槍をとって実戦に加わったという豪気さで、戦後は浪人して京都で遊女に能を教えたりしていたが、元和五年に許され、金剛七大夫を名乗って秀忠の寵を一身に集めた。

寛永九年、七大夫四十八歳。今尚斯界《しかい》の頂点に立っていた。又十郎が頼ったのは、この七大夫だった。

又十郎の猿楽好みは父の宗矩ゆずりである。

宗矩のは好きを通りこして溺れるに近かったらしい。沢庵和尚が宗矩へ戒告のために与えたという『不動智』の中に次の文がある。

『貴殿乱舞を好み、自身の能に奢り、諸大名衆へ押して参られ、能を勧められ候事ひとへに病と存じ候なり』

大名の屋敷に押しかけて行ってまで能を演じたと云うのだから、尋常ではない。

実は柳生家と能、殊《こと》に金春流との間には、並大抵でない深い結縁があったのだが、この時の又十郎は全く知らなかった。

兵法の道を捨て、猿楽一筋に生きてみたいという又十郎の願いとその由って来る事情を、喜多七大夫が深沈《しんちん》とした表情で聞き入っていたのは、金春の女婿として柳生と金春の秘事をある程度知っていたからである。

「その最初の立合いの時……」

暫くの沈黙の後で七大夫が云った。

「お手前の太刀は父上のお身体に当りませんでしたか」

「掠《かす》った程度です。何分、寸が足りず……」

これは又十郎の間違いである。この時の又十郎の木刀は、宗矩の着物の胸を裂き、肌襦袢まで斬っていた。木刀の鈍《にぶ》い切先きで、刃物で切ったような鋭い切口だった。宗矩は肌にその刀尖を感じ、慄然《りつぜん》とした。明かに自分の負けだった。又十郎のいう通り刀身が一寸長かったら自分が斬られていたことを宗矩は悟った。又十郎の腕はいつの間にかそこまで上達していたのだ。

だがこの時、宗矩は又十郎に負けるわけにはゆかなかった。少なくとも家光の前で負けを認めるわけにはゆかない事情があった。

この年の正月、大御所秀忠が死んだ。家光にしてみれば大嫌いな父親がいなくなったのである。快哉《かいさい》を叫びたいほどだった。家光の秀忠嫌いは有名で、常時身につけていた守り袋の中の書き付けには、家康の後が自分で間に秀忠などいないように書いたものまであると云う。家光は何《なに》も彼《か》も、秀忠の使っていた物は捨ててしまいたかった。柳生宗矩は正しくその捨てたい物の部類に属していた。

柳生石舟斎は知らず、少なくとも宗矩は秀忠と共に歩いて来た。秀忠の汚い蔭の仕事を人知れず果すことで、その懐《ふとこ》ろ刀と云われて来た。今、それが裏目に出ようとしている。

家光の気紛《きまぐ》れ一つで、柳生は一介の無役の旗本の一人と化してしまいかねなかった。

秀忠の生前、秀忠と宗矩の間には一つの黙契があった。今までの蔭働きに酬《むく》いるために、それにふさわしい役職を作り、宗矩をそこに据えようというのである。惣目付、と役職の名称まできまっていた。それさえ家光の気分次第で吹きとんでしまうかもしれない。

宗矩にとっての救いは、柳生の剣が天下無敵であるという家光自身の評価と、左門友矩に寄せる家光の思いだけだったと云っていい。

そんな時に、宗矩が又十郎に負けるわけにはゆかない。天下随一の剣の伝説が崩れてしまうからだ。だから宗矩は必死だった。二度目の立合いの時、秘伝中の秘伝ともいうべき『西江水《せいごうすい》』の剣を使ったのはそのためである。

「せがれ、推参なり」

とは、後世伝えられるように、刀の長短など問題にしたのが新陰流の心法にはずれると云う叱責ではない。実は宗矩の心の底からの悲鳴だったのである。

だが又十郎はこの時点でもそんなこととは全く気付いていない。逆に喜多七大夫の方が朧気《おぼろげ》ながら真相を察していたと云える。七大夫は同時に宗矩の憎しみについての又十郎の勘を信じた。

〈本当にこのお子は殺されるかもしれぬ〉

そう思ったのである。

七大夫は舅《しゅうと》である金春安照の激しい憎しみの目差《まなざ》しを今もって忘れられずにいる。金春一族の将来のために、この素人上りの不世出の天才を抹殺《まっさつ》すべきではないかとまで思いつめた安照の気持を一番よく知っていたのは、当の抹殺さるべき七大夫だった。芸とは魔である。それは猿楽も剣法も同じであろう。魔に憑かれた者の思案は、屢々《しばしば》常人の枠を超える。

「確かに家を出られた方がいいかもしれませんな」

と七大夫は云った。

「ですが手前共のところでは差《さ》し障《さわ》りが大きすぎます」

それはそうだろう。天下の柳生の伜が剣を捨てて猿楽師に弟子入りしたとなったら、一番困るのは宗矩である。厳しい掛合いが来るのは目に見えていた。

「柳生の庄にお戻りなさい。それが一番」

又十郎は頰をふくらませた。それでは父による危険は避けられるかもしれないが、能役者になりたい望みの方はどうなるのだ。

「柳生村から月ケ瀬街道を半里行きますと中ノ川村です」

又十郎はまだ分らない。柳生に行ったことがまだ一度もないのである。七大夫は辛抱強く云った。

「中ノ川村は金春の領地です。金春大夫七郎重勝は彼《か》の地に居ります」

又十郎はあっとなった。

名人第六代金春大夫八郎安照の孫、第八代金春大夫七郎重勝はこの年三十八歳。四座の大夫の中で唯一人大和に住んでいた。大和の中ノ川村及び坊城村で知行五百石。これは元々秀吉に貰ったものだが、徳川の代になってもそのまま継承を許されている。

柳生から僅か半里なら、毎日三里を走る又十郎にとっては隣りのようなものである。それに柳生に引き籠るという分には、宗矩が文句をつける心配もなかった。柳生にはまだ石舟斎からじきじき稽古をつけて貰った老人たちが生きている。この連中はなんとなだめすかしても江戸へ出て来ようとはしない。大殿直伝の秘術を抱いてそのまま死ぬつもりでいる。

宗矩は早く石舟斎の膝元を離れ、仕官のため全国を流浪していたので、手ずから稽古をつけて貰ったのはごく短い間だけだった。だからこれら古老から出来るだけ多く、石舟斎直伝の剣を引き出したい。だが自分で柳生に行き、何ヵ月も古老たちと剣をまじえる暇は宗矩にはない。だから息子たちが柳生へ行くのは大歓迎だった。先に諸国回国修行に上ったといわれる十兵衛も、実は秘かに柳生の庄に引き籠っているだけかもしれないのである。

又十郎は父に柳生谷に籠る旨の手紙を書き、七大夫に託した。どうしても家へ帰る気がしないので、路銀も七大夫に借り、夜中にもかかわらずその場から東海道を大和へ向った。刀はこれも七大夫の好意で短いのを一振り貰って差している。いわゆる大脇差で、いざという時は充分役に立つし、何より軽い点がよかった。髪も服装も武士のままなのに、大脇差一本というのは旅姿として異様である。だが又十郎は平気だった。自分がどんなに着飾ってみても映《は》えないかわりに、どんなひどい格好をしていても目立たないことをよく知っていた。大脇差一本の武士は馬鹿にされるかもしれないが、喧嘩を売られる心配もあるまい、というのが又十郎の計算だった。なんと云っても又十郎は二十歳の若さだ。気楽なものだった。夜道を歩きながら好きな謡《うたい》も出るという呑気さである。手形類を一切持たないのが若干不安だったが、小田原まで行けばなんとかなるとたかを括《くく》っていた。小田原藩には道場での顔見知りがいた。兄の十兵衛が世話になっていた家もあった。

柳生家では宗矩が珍しく気むずかしい顔で思案していた。つい今しがた喜多家から又十郎の手紙が届いたところだった。

又十郎の遁走ぶりが余りにも鮮やかで薄気味が悪かった。見事にかわされたという感じがどこかでする。

〈あいつ本当に腕が上ったのかな〉

宗矩は首をひねった。昼間のことはまぐれということもある。だがこの逃げっぷりはどうだ。自分でも父親からあれほどの憎しみの炎を吹きつけられたら逃げ出しただろう。だがその夜のうちにやれるかどうか疑問だった。そこまでの思い切りとなると、これはもう芸のうちだ。

〈ひょっとすると十兵衛を超える〉

宗矩は気に入らなそうに唇を嚙んだ。

西江水

八代目金春大夫七郎重勝は正直なところ半信半疑だった。叔父に当る喜多七大夫からの添書は持参しているが、又十郎の猿楽への執心がもう一つ疑問なのである。七大夫の添書には確かに、武士をやめて能役者になるのが本人の望みだと書かれ、又十郎もきっぱりそう云っているのだが、重勝には何となくからかわれているのではないかという思いが強い。

又十郎の熱意の程は疑いの余地がなかった。毎朝、半里の道をほとんど全力疾走して、柳生からこの中ノ川村までやって来る。何人かの幼い内弟子たちと一緒に稽古場の掃除をし、身体を清めて稽古を待つ。その態度は真摯《しんし》そのものだった。だがどこか違う。強いて云えば又十郎は必死すぎた。余裕がなさすぎるのである。能役者になるには年をとりすぎている、ということもあるが、そういう例はないではない。それで結構名手となった者もいる。だがそんな人々も決してこれほどの必死さを感じさせはしなかった。

　真剣勝負を間近かに控えて、初めて剣法を学ぶ男の必死さに似ている。さんざん考えた揚句、重勝が達した結論はそれだった。だが、能は真剣勝負ではない。気持はそれに近くても、立合能で能役者が死ぬことはない。また能を学んで、文字通り真剣による生命のやりとりに役だつことは、通常の場合にはない。但し通常の場合には、だ。

〈やっぱりあれだな〉

　他流は知らず、金春の能には、その通常でない秘伝がある。たった三十五歳で夭折《ようせつ》した父の七代目金春大夫七郎氏勝から重勝はその伝承を受けている。だが……。

〈他流なら分るが柳生新陰流の子息がどうして……?〉

秘伝は柳生側にも伝えられてある筈なのだ。何も金春に求める必要はないのである。

　それに又十郎はその件について一言も口にしてはいない。ひょっとすると重勝の勘繰《かんぐ》りすぎなのかもしれなかった。

〈暫く様子を見るしかないか〉

堂々めぐりの末、結局はそこへ落着くしかなかった。それにしてもなんともいらいらさせられる相手だった。

又十郎の方は師匠のそんな気持に微塵《みじん》も気づいていない。ただもう毎日が楽しくて仕様がないのである。幼時から兵法しかやったことのない、それも地獄のような荒稽古しか受けたことのない又十郎にとって、能の稽古は楽しくて楽しくて仕方がない。その上、不思議なほどすらすら入ってゆける。所作の一つ一つが素直に理解出来るし、身体も自然に動く。呼吸も剣の呼吸とさして違いはない。

〈どうしてもっと早く能を学ぶ気にならなかったんだろう〉

それだけが悔いとして感じられた。

又十郎は柳生正木道場の古老たちが、一向に剣の稽古をせず、猿楽にうつつを抜かしている自分に、激しい怒りを抱いていることにまったく気づいていない。その怒りが次第に高まって、今や爆発寸前にあることも。

丁度そんな時に、兄十兵衛三厳が突然柳生に戻って来た。

「爺いどもの話では、剣の稽古をなおざりにして、猿楽にうつつをぬかしているそうだな」

十兵衛の言葉は、いつもながら切りつけるような鋭さだった。

又十郎は返事が出来ないでいる。

〈兄者は変った〉

回国修行の間に何があったのか、又十郎は知らない。十兵衛もそのことについては一言もいわない。ひょっとすると回国修行はただの口実で、厳しい隠密行だったのかもしれなかった。そう思わせるような陰惨ともいうべき翳《かげ》が、今の十兵衛には感じられる。

〈人を斬ったんだ。それも少ない数ではない〉

それだけは確かだった。今の十兵衛の暗さは、その結果としか考えられなかった。

又十郎は人を斬ったことがない。それだけに逆によく分る。十兵衛には明らかに夥《おびただ》しい血の臭いがしたし、死人《しびと》の怨霊によるとしか思われぬ底の知れぬ暗さが、皮膚の下に痣《あざ》のように拡《ひろ》がっていた。

又十郎にはそんな兄が恐ろしくおぞましかった。

〈剣の道が人をこんなに暗くするのなら、俺はごめんだ〉

腹の中でそう喚いていた。

十兵衛は突き刺すように無言の又十郎を見つめていたが、不意に音もなく立った。

「道場へ出ろ」

これでおしまいだ、と又十郎は観念した。

〈俺は殺される〉

そう直観した。理屈ではなかった。理屈で考えればいくら十兵衛でも弟を殺すわけがない。だが又十郎は感性で一瞬に悟る余裕しかなかった。その感性が、殺される、と告げた。抗《あらが》いはしなかった。素直に道場に出た。十兵衛の云う通り、ひきはだ竹刀ではなく木刀を手にとった。

又十郎と十兵衛は向い合った。道場に人気《ひとけ》はない。全くの二人きりである。

突然……そう、全く突然に、又十郎はあの日の宗矩の動きを見た。あの日には全く見えなかった宗矩の動きが、緩慢に、それだけに細部まで明瞭に見えた。その不思議な足運びは、今は不思議でもなんでもなかった。金春の稽古場で日毎鍛えている猿楽の足の運びだった。

〈なあんだ〉

一瞬、裏切られたような気がした。その時、又十郎はもう動き出していた。口の中で謡をうたっているような気楽さで、つつと進んだ。十兵衛が近よるともないその足運びに気付いた時、又十郎はもう一足一刀の間境いを越えていた。又十郎は全く無造作に、脇に下げていた木刀を持ち上げ、十兵衛の額を斬った。十兵衛は物も云わずに昏倒した。

又十郎はそのまま道場を出て中ノ川村へ走った。十兵衛が昏倒から覚めたら、今度こそ絶対に助からない。そう思ったからだ。思い切りの良さは又十郎の身上である。二度と柳生には戻るまい。咄嗟にそう思って中ノ川村に走った。もとより金春にかくまって貰う気などない。柳生の門弟の半ばは隣接した伊賀の忍びである。十兵衛がその連中を繰り出せば又十郎の生命など簡単に吹き消されてしまう。金春宗家がそのとばっちりを受けるのは又十郎の本意ではない。

又十郎はただ師匠の金春重勝に一言詫《わ》びを云って行きたかっただけだ。

又十郎の話を注意深く聞いていた金春重勝は、暫く待つように云いおくと姿を消した。

やがて戻って来た時、数巻の巻子本《かんすぼん》を手にしていた。

「いずれは見せるつもりだったのだよ」

重勝はそう云って和紙を拡げた。

又十郎の見たこともない物がそこにあった。

それは絵だった。それも斬り合いの図である。夥しい斬り合いの図が詳しい文章と共にそこにあった。

『新陰流兵法目録事《のこと》』

一番最初にそう書いてあった。次いで、

『三学の太刀』

とあり、長袴をはいた二人の武士の斬り合いの図があった。

又十郎の心臓がことことと大きな音を立てはじめたように感じられた。

これはまぎれもなく祖父柳生石舟斎宗厳の筆跡だった。なんと新陰流の極意の絵目録なのである。文章も簡潔ながら見事に要点をおさえている。

夢中になって次々に紙をくっている又十郎を見ながら、重勝はこの絵目録が金春家に所蔵されている所以を語った。

重勝の父七代目金春大夫七郎氏勝は、能以上に兵法の天才だった。槍を十文字鎌槍術宝蔵院胤栄《いんえい》、新当流長太刀を穴沢浄見、大坪流馬術を上田吉之丞といった当代一流の師に学び、いずれも皆伝を得ている。その氏勝が剣の師と仰ぎ、皆伝を許されたのは柳生石舟斎だった。

又十郎は思わず声を上げそうになった。さっき道場で突然父宗矩のあの日の足運びが見えたのも、決して偶然ではなかったのである。金春氏勝が能の所作に新陰流兵法を映したのか、柳生新陰流が金春の足運びを映したのかは知らないが、宗矩の足運びは明かに金春流の能と無関係ではなかった。

「それは新陰流が当金春の秘事を映したものです」

又十郎の問いに重勝はきっぱりと答えた。

金春流に『一足一見』という秘事がある。氏勝からそれを聞いた石舟斎は是非知りたいと懇願し、新陰流の秘法『西江水』と交換教授をしようと云い出した。その結果金春家から伝えられた『一足一見』の法に、宗矩の足運びはかなっているという。

この事実は江戸柳生と尾張柳生双方に石舟斎から伝えられたらしく、双方の弟子の書いたものの中にその記述がある。

江戸柳生の高弟木村助九郎の『兵法聞書』に宗矩の言としてこう書かれてある。

『一、一足一見の事、理あり。金春流の謡能の心持に有、是兵法に実《まこと》面白き也』

極めて漠然として摑みきれないところが宗矩らしいではないか。これに反して尾張柳生の伝承として近松茂矩が『昔咄』に録した記述はもう少し詳しい。

『金春流に一足一見といふ大事の秘密あり。これを柏崎の能にかづけて、二まはり半の伝といふ。此事を故ありて、金春家より柳生家へかたりしかば、殊《こと》の外《ほか》懇望にて、柳生家の一大事西江水とかけあひぬ。故に互に弟子となりて、仍《より》て金春大夫、かの九十三番を自筆に書きて相伝せし。後にこれをわけて取りし故、此方へ来られし兵庫（柳生兵庫助利厳のこと）も所持なりし由』

江戸柳生の勿体《もったい》ぶった秘密好きと、尾張柳生のかくしだてのない合理性の如きものがまざまざと感じられはしないだろうか。その秘密好きのために、又十郎はもとより十兵衛まで『西江水』の秘事は勿論のこと『一足一見』の法も宗矩からまだ伝えられていなかったのである。

金春重勝は、この絵目録がその交換の後に石舟斎自らの手で氏勝に譲られたものであることを語り、『没茲味手段』の『一見之事』のうちにある『一、清（西）江水之事』の部分を示し、自ら立って亡父から伝えられた『西江水』の秘伝を又十郎に教えた。

「元々は柳生のもの、手前はそれをお返ししたまでのことです」

と重勝は笑ったが、それは正しく宗矩があの日に使ったものであり、又十郎が先刻十兵衛を倒した手だてに違いなかった。

宗矩は後年の伝書の中で『西江水』についてこう書いている。

『この心持、石火の機と申候、つつとはやき事なり。……みるやいなや、ちやくとひつとり、きくやいなや、ちやくとひつとるを西江水と申也』

ちなみに、この西江水という言葉は『碧巌録』第四十二則の、

『待三爾一口吸二尽西江水一、即向レ汝道』

から採ったものだと云う。


又十郎は又ぞろ、今度は金春重勝から路銀を貰って江戸に向った。今度も大脇差一振を腰にしただけの気楽な旅だった。相変らず手形の類は一切持っていない。

〈なんとかなるさ〉

その気楽さだけが頼みの綱だった。そしてその通りなんとかなるところが不思議だった。あるいはそれが後世云われる又十郎宗冬の運のよさだったのかもしれない。

江戸の屋敷に戻っても、格別どうということはなかった。宗矩の前に手をついて、

「只今帰りました」

そう云って、それだけだった。宗矩は僅《わず》かに頷いてみせただけだった。

宗矩は又十郎に気を使うゆとりなどなかったのである。又十郎出奔の年の暮に願い通り惣目付に就任し、諸大名の上に睨みをきかせていたのだが（惣目付は大名監察がその職分である）、ここへ来てまずい事態が生じた。半ば予期したことだったが、左門友矩が家光の愛人になってしまい二千石を頂戴し、更に四万石の大名とするという内意を得たのである。大名監察の立場にいる者が、こんな出鱈目《でたらめ》な大名取り立てを許せるわけがない。まし

て我が子となれば尚更である。宗矩は家光の機嫌を損ねる危険を冒して、友矩に逼塞《ひっそく》を命じた。友矩は領地である柳生の隣村大河原村に引き籠った。丁度又十郎と入れかわりになったような形だ。

それでも家光の執念が冷めず、遂に宗矩が十兵衛を使って友矩を斬ることになったのは、寛永十六年六月のことだ。

友矩がいなくなった穴を暫くは又十郎が埋めてくれた。家光の相手を又十郎がつとめたわけだが、宗矩の危惧にもかかわらずこれが極めて巧くいったのである。

宗矩は漸《ようや》く又十郎を見直すようになった。又十郎の良さは、その気楽さと明るさにあった。それにその不格好さである。友矩を失って不機嫌この上ない家光でさえ、この猪のような首の太い短い男の野放図な気楽さには思わず笑ってしまうのである。決して意図しているわけではないのに、奇妙に道化めいたところがあった。それが見る人の心を例外なくなごますのである。十兵衛のような剛でもなく、友矩のような柔でもない。強いて云えば陽だった。とにかくこの男がそばにいると何となく愉しいのである。おまけに信じ難いことだがこの男は能の達人だった。踊りの好きな家光にとって格好の遊び相手である。家光は風流《ふりゅう》が好きで、能の後が風流になることが多かったが、又十郎はやすやすとそれについて来る。天性踊りに向いているとしか思えなかった。とにかくこれといった目立った特徴もないくせに、又十郎は家光の心をなごやかにした。柳生家が家光の癇癪《かんしやく》の犠牲者たることを免《まぬが》れたのは、ひとえに又十郎のお蔭だったのだが、宗矩を除いては柳生家の誰もそのことに気付かなかった。

〈わしは不運な男だ。不運のお蔭で、剣も能も中途半端で終ってしまった〉

又十郎宗冬は終生そう思っていたらしい。

晩年に至って柳の木蔭を散歩していた時、池で動くぼうふらの微妙な動きに剣理を会得し、自ら『柳陰斎』と号したと云う。この号には柳生家の陰で生きて来たという卑下《ひげ》の意味が多分に含まれているような気がする。

又十郎宗冬は、柳生の表で生きた宗矩、十兵衛の二人が揃って彼の剣を極度に恐れていたことを終生知らなかったのである。

柳生《やぎゅう》の鬼《おに》

傲慢

沢庵《たくあん》和尚が柳生宗矩《むねのり》に書き与えた『不動智』という戒告《かいこく》の文章の中に、十兵衛三厳《みつよし》に言及した個所がある。

『なかんづく御賢息御行状の事、親の身正しからずして、子の悪しきを責むること逆なり。先づ貴殿の御身を正しくなされその上にて御意見もなされ候はば、自ら正しく、御舎弟主膳殿も兄の行跡にならひ正しかるべければ、父子ともに善人となり目出たかるべし』

宗矩の門弟取立てに依怙《えこ》の沙汰の多いこと、欲深く、大名から賄賂《わいろ》をとり、それによって将軍への取りなしを変えること、能が好きで、諸大名の屋敷へ強引に押しかけては舞ったりすることを、強く戒《いまし》めた上での言葉である。

一代の剣豪と思われた柳生宗矩が、実は政治家的色彩の濃厚な男であったことがよく判る文章だし、宗矩の家庭的な悩みにまで言及した点で、沢庵と宗矩の交友の深さのほども推《お》し測れるものであるが、とにかく宗矩は十兵衛三厳と又十郎宗冬《むねふゆ》という二人の息子の行状に、よほど手を焼いていたらしいことが察せられて面白い。

　宗矩の子供の中で、十兵衛三厳がずばぬけた剣の素質の持主であることは、諸書に照らしてみて明らかである。柳生道場でも、少年の時から既に高弟たちと五分の立合いをしたし、父宗矩をうちこむことも屢々《しばしば》であった。

　それだけの腕を持っていて、傲慢《ごうまん》になるなというのが無理である。

三厳は元和五年、十三歳の年から、後の三代将軍家光の小姓として出仕していた。家光は三歳年上の十六歳だ。宗矩が正式に家光の兵法師範役に任命されたのは二年後の元和七年。この年から十兵衛は家光の打たれ役になった。

　宗矩が先ず一つの型を使ってみせ、次いで家光が同じ型を使う。相手をするのは両方とも十兵衛である。今日のような防具は一切つけず、ひきはだ竹刀《しない》という柳生新陰流独特の竹刀を使う。これは革の袋の中に割竹を仕込んだもので、皮に皺がよってがま蛙の肌のように見えるために、ひきはだと呼ばれた。木刀と違って、これなら寸止めをせず、思い切って打っても死ぬようなことはない。だが防具がないのだから痛いことは痛い。

　宗矩はきちんと当る寸前で止めてくれるが、家光の方は遠慮会釈なく打つ。現実に打たれるのだから当然痛い。だが痛いだけなら、まだ我慢出来る。我慢出来ないのは家光の術の拙劣さだった。

〈こんな下手な奴に、なんで打たれなきゃいけないんだ〉

ついそう思ってしまうのである。家光は終生剣法を愛したが、自分の腕の方はさほど上達しなかったらしい。いわゆる見巧者《みごうしゃ》として、試合を見る方が好きだった。それになんと云っても、習い出したのが遅い。ほとんど物ごころつく時からひきはだ竹刀を握っていた十兵衛とは、段ちがいの腕前であることは当然だった。

〈まっすぐ打つことも出来ないのか〉

不正確な打撃を受けるたびに十兵衛は腹の底でそう毒づく。まだ十五歳の少年だった。思っていることを顔に出さないでいろと云っても無理である。家光も十八歳の多感な齢頃だ。十兵衛の気持を敏感に読み、屈辱を感じた。いわば打つ方も打たれる方も、お互いに屈辱にまみれた稽古になった。それが五年も続いたのである。

二十歳になった十兵衛を打てる者は柳生道場にはいなくなった。宗矩でさえ三本の中二本はとられる始末である。それなのに江戸城に上ると、理屈ばかり達者になって実技は一向に進歩しない家光の下手くそな打撃を受けなければならない。家光は家光で十兵衛の見下げたような顔が気にいらない。この頃は寸止めぐらいは出来るようになっていたのだが、わざとそれをしない。思いきりぶん殴るのである。またその気持が十兵衛には手にとるように判る。時にかっとすることがある。だが家光は元和九年から将軍の座についている。いくらかっとなっても、まさか将軍を殴るわけにはゆかなかった。憤懣《ふんまん》のはけ口が必要になるのは当然の成行である。さすがに喧嘩・斬り合いのたぐいはしなかったが、その分酒と女にのめりこんで行くことになった。

これが沢庵のいう『御賢息御行状の事』の実態である。原因が原因だから宗矩としても強く意見することが出来ない。下手に意見し、御前で反抗的な態度でもとられた日には、柳生家の一大事である。

そして寛永三年十月、この五年にわたる心理的葛藤《かっとう》にいやけがさした家光が十兵衛を罷《ひ》免《めん》することでけりをつけた。

十兵衛は一時小田原に謹慎し、やがて大和柳生の庄に戻った。

故老

十兵衛は柳生で生れ、江戸で育った。柳生については、幼年期の僅かな記憶しかない。だがその記憶に残る素朴な柳生谷の印象が、今度帰って見ると一変していた。

山川のたたずまいに変化があったわけではない。柳生の人々の十兵衛を見る眼が激変していたのである。

とにかく氷のような冷たさだった。

十兵衛自身はかなり大きな期待を抱いて柳生へ戻って来ていた。

十兵衛が剣を勉《まな》んだのは、勿論宗矩についてだが、その宗矩は父の石舟斎宗厳《むねよし》から多くを勉ぶ暇がなかった。諸国を廻っての仕官さがしに忙しかったからだ。二度の鉄砲傷でまともな歩行の出来なくなった兄新次郎厳勝《よしかつ》だけが柳生の庄に残り、宗矩と兄の五郎右衛門は早くから良き主君を求めて全国を放浪していた。それほど柳生家は窮迫していたのである。関ケ原合戦を境に、宗矩が秀忠の側近となることによって、柳生家にやっと春が廻って来たのだが、石舟斎は死の時まで宗矩の剣を認めていなかった。将軍秀忠の兵法師範という名のために柳生新陰流の印可《いんか》こそ与えたものの、それは形だけのことで、実質的に一国一人の新陰流道統を石舟斎が与えたのは、新次郎厳勝の息子、宗矩にとっては甥に当る柳生兵庫助利厳《としよし》だった。

宗矩が秀忠に認められたのは、兵法者としての剣技によるものではない。秀忠の影軍団の長《おさ》としてである。影軍団の職務は探索であり、陰謀であり、暗殺だった。昔から柳生の門弟には、伊賀の忍びが多かった。ほとんど隣り合った土地のためだ。その在地の伊賀忍びを組織することで、宗矩はいわゆる裏柳生を作ったのである。家康の下で伊賀同心、甲賀同心として早くから使われ、すっかり牙を抜かれてしまった忍びたちと違って、在地の伊賀忍びは昔からの剽悍《ひようかん》さを失っていない。裏柳生の働きは、戦国生き残りの武将たちさえも慄然《りつぜん》とさせる残忍酷薄なものだった。若冠二十七歳で征夷大将軍の地位についた秀忠が、いずれもひとくせもふたくせもある全国諸大名に君臨してゆくためには、非情な政策と同時にこの残忍無比の影軍団がどうしても必要だった。柳生宗矩の権勢が一介の兵法師範を遥かに越えていたことは、同じ兵法師範だった一刀流の小野忠明の地味な生涯と比較すれば明らかであろう。

従って剣技という点では、宗矩の実力はこの兵庫助利厳に大きく劣るものだったのは当然である。その宗矩に剣を勉んだ十兵衛の剣技も同じことだ。少なくとも正統の新陰流ではない。十兵衛はその事情を宗矩から聞いてよく知っていた。本来なら兵庫助利厳のもとでみっちり剣技を勉《まな》びたいところなのだ。だがそれが出来ない事情があった。兵庫の妹は初め山崎惣左衛門という者の妻となったが離別され、宗矩が引きとって柳生の老職柳生主《しゆ》馬《め》と再婚させた。ところが、この柳生主馬という人物が異人種だったため兵庫は怒って宗矩と絶縁するに至ったと『玉栄拾遺』にある。

それでなくても兵庫は尾張の徳川義直の兵法師範である。将軍の兵法師範宗矩の嫡男が尾張家の家臣について剣法を勉ぶのは差し障りがある。だから兵庫に直接新陰流の奥儀《おうぎ》を勉ぶことが出来ない。

倖いなことに柳生の庄には、石舟斎の教えをじかに受けた高弟が八人、今も現存していた。いずれも高齢ではあるが今尚矍鑠《かくしゃく》として、日毎道場に立ち、石舟斎直伝の奥儀を若者たちに伝えることに専念しているという。十兵衛の期待とはこの八人の故老たちについて、正統の新陰流を勉ぶことだった。

ところが実際に柳生に来てみると、八人の故老たちは道場に全く姿を現わさない。十兵衛が相手に出来るのは剣技未熟な若者たちばかりだった。たまりかねて、八人のもとに使いをやり、道場に招いた。率直に己の剣が正統からはずれていることを語り、祖父石舟斎ゆずりの剣技を伝授してくれるよう、頭を下げて頼んだ。返って来た答は、にべもない拒否だった。自分たちは老いて石舟斎さま直伝の剣など忘れてしまった。仮りに覚えているとしても、自分たちには既に力がない。それを石舟斎さま直伝ととられては故石舟斎に対して申し訳がたたない。この儀だけは御容赦願いたい。八人が八人、揃ってそう云うのだった。

一応理屈は通っているが、十兵衛は嘘だと直観した。八人の眼が揃って冷たいのだ。せせら笑っているような気配まである。理解出来なかった。父がこの故老たちを怒らすようなことをする筈がなかったし、自分に至っては初対面である。悪意の対象になる理由がなかった。道統を継いだ兵庫助利厳への義理立てかと思ったが、それにしても眼の色の冷たさが尋常でない。

八人が帰ってから老職の者に問い訊《ただ》すと、いずれも公職をしりぞき、家で百姓をして貧しく暮しているという。その態度にどこか反抗的なもの、依怙地《いこじ》なものが感じられるのは確かだが、罰するほどのことでもないし、石舟斎在世中はもとより新次郎厳勝の頃もよく仕えてくれた者たちでもあるので、捨扶持《すてぶち》に近い僅かな手当を渡して放し飼いにしている状態だというのである。御立腹ならその手当をやめることも出来ますが、と老職は云ったが、そんなことをしたら宗矩がまた我がままが出たと思うにきまっていた。放置して様子を見るしかない。それに現実に対面した感じでは、八人共老いさらばえて、嘗《かつ》ての剣技など本当に持ってはいないのではないか、とさえ思われた。

〈案外本音を吐いていたのかもしれぬ〉

十兵衛が半ばそう思ったのは、所詮《しょせん》剣と人についてまだまだ暗かったためかもしれない。

十兵衛が己の甘さをいやというほど知ることになったのは、それから十日もたたぬ夕暮のことである。

この日、十兵衛は心鬱《こころうつ》するままに道場にも顔を出さず、屋敷で昼から酒を飲んでいた。兵法者にあるまじき振舞いなのは、自分でもよく判っていたが、酒でも飲まないとやり切れなかった。柳生にいる意味が全くなくなってしまった。未熟な連中に稽古をつけるのがいらだたしかった。下手な者といくら稽古をしても、自分の腕は上らない。むしろ悪くなってゆくばかりである。これでは家光を相手にしているのと変りがなかった。いっそ柳生を出て、全国を廻る武者修行に出ようか、とも思った。後年は剣術の上手といえば大半が江戸に集るようになったが、この頃はまだ各地に錚々《そうそう》たる遣《つか》い手たちが存在した。その剣客たちとの試合は、半ばは真剣勝負に似たものになる可能性が強かったが、それでもこんなぐうたらな生活よりはましだった。正直のところ、十兵衛は酒も女もたいして好きではない。仕様ことなしに励んでいるようなものだった。芸事も駄目だ。父がどうしてあんなに乱舞に夢中になれるのか、どうしても理解出来なかった。十兵衛が好きなのは剣だけだった。自分でも馬鹿ではないかと思うほど剣が好きなのである。それほど好きな道のためなら、試合の揚句《あげく》殺されたって本望だと思った。

回国修行に出よう。漸《ようや》くその決心がついた時は、日が暮れかかっていた。決心したことで幾分気が軽くなり、躰を動かしたくなった。ふらりと屋敷を出て村の中を歩いた。野良《のら》帰りの百姓が、皆、道端に寄って丁寧《ていねい》に挨拶するのがうっとうしくて、街道に出る道を登っていった。知らぬ間にかなりの量の酒を飲んだと見えて、珍しく息が切れた。常には酔ったことがなく、いくら大酒しても剣技に衰えはないと広言していた十兵衛だった。

坂道の途中の道端に、なんということなく坐り込んでいる老人がいた。村の子供たちが『あほの太平』と呼んでいじめの対象としている男だった。昔は道場にも熱心に通い、かなりの手利きだったという噂だが、息子をなくしてから急速に老い、今ではすっかりぼけ老人になっている。見たところさすがに昔鍛《きた》えただけあって足腰は頑丈そうだが、表情は弛緩《しかん》し、よだれをたらし、喋《しゃべ》る言葉もれろれろで一向に要領をえない。別段わるさをするわけではなく、時を構わず村の中をうろついて、道場を覗きに来ることもある。といって稽古を見るわけでもなく窓の外に放心したように蹲《うずく》まっているだけだった。要するに無害で哀れな老人というだけのことだった。

十兵衛は全く気にとめることなく、その『あほの太平』のそばを通りすぎようとした。

太平が珍しく、木刀を持っているのに気付いたが、それもどうということはない。昔剣をやったことがあるのなら、持っていて当然の道具だった。杖がわりに使っているのだろうとしか思わなかった。

何事もなく通りすぎ、一間《けん》（二メートル弱）と行かぬうちに、十兵衛は背後に凄まじい殺気がふくれ上るのを感じた。咄嗟《とっさ》に思い切り前に跳んだ。跳びながら身を捻《ひね》って、殺気の主を見た。なんとそれが『あほの太平』だった。

相変らず弛緩した表情で、よだれを流し続けている。そのくせ動作は俊敏の一語に尽きた。十兵衛が跳ぶと同時に太平も跳んだに違いない。着地したのは、ほぼ同時だった。距離は一間あるかなしか。太平の木刀は斜め左下段に構えられている。

太平はそのまま何気なくすたすたと歩いて、十兵衛が気付いた時はもう一足一刀の間境《まざかい》を越えようとしていた。十兵衛が刀の柄に手をかける暇もなかった。凄まじい逆袈裟《ぎゃくげさ》が襲って来た。恐ろしい太刀《たち》ゆきの迅《はや》さである。十兵衛は辛うじてこの剣をかわした。太い木刀が真剣のようにきーんと鳴って鼻先を通り抜けた。木刀は間髪を入れず袈裟に振りおろされて来た。これもやっとの思いでかわした。躰が異常に重い。明らかに酒のためだった。また逆袈裟が来た。第一撃とは逆方向からだった。かわしたが足がもつれた。

〈この次は斬られる〉

そう確信した。相変らず刀の柄に手もかかっていない。そんな暇も余裕もなかった。それほど迅速な斬撃《ざんげき》の連続だった。息を吸う隙もないのである。十兵衛は息がつまって来た。

第四撃が真向から落ちて来た。

〈駄目だ〉

十兵衛は己の死を信じた。

瞬間、ぴいいんという澄んだ音が起り、太平の木刀が空に向って飛んだ。

八人の故老の一人、野方《のがた》甚右衛門が脇差を握って立っていた。太平の木刀を抜き討ちに上へはね上げたのである。そのままの勢いで脇差が落ちて来ると、太平の首筋を斬った。

だが血は飛ばない。いつの間にか脇差は握り変えられていた。峯うちだったのである。太平はあっさり失神して、くたくたと崩れた。

野方甚右衛門は素早く脇差をおさめると、膝をついた。

「老耄《ろうもう》の愚者の仕業《しわざ》にござりまする。何とぞお目こぼしの程を願い奉ります」

十兵衛はまだ荒い呼吸を続けながら、茫然と甚右衛門を見つめていた。

今の鮮やかな抜き討ちが、いまだに眼前にあった。それは今まで見たどんな抜き討ちよりも迅く、的確だった。動作は流れるようで、一点の無駄もなかった。あんな抜き討ちをくったら、十兵衛がたとえ素面《しらふ》でも、一瞬に斬られていたにきまっていた。それほど見事な剣だった。

「今の技《わざ》の名は？」

やっと息を整えながら、十兵衛は訊《き》いた。

「別に。咄嗟のことでございましたので……」

甚右衛門は淡々とそう応《こた》えた。

そんな筈がなかった。咄嗟に出るにしては端正《たんせい》すぎる剣である。日頃鍛えに鍛え、贅肉《ぜいにく》をとるように無駄な部分を削りとって完成させた技に違いなかった。本当に咄嗟にあんな磨き抜かれた剣が出るなら、甚右衛門は剣聖である。つまりは石舟斎秘伝の剣を、一かけらといえども十兵衛に教えたくない、その一念なのだ。

「甚右衛門」

呼びかけた時は、十兵衛の憤怒《ふんぬ》は腹の底にずしりと根を据《す》えていた。

「その男を斬れ」

甚右衛門が愕然《がくぜん》と十兵衛を見た。

「ぼけていようがいまいが、領主の息子を殺害せんとし、危く成功しかけた男だ。許すことはならぬ」

「お許し下さいませ。ぼけ老人がいたずらに木刀を振り廻しただけのことでございます。仮りにも十兵衛さまの御身に触れる筈もございません」

甚右衛門は十兵衛の虚栄心をあてにしている。柳生の嫡男が、まさか『あほの太平』に殺されるところだったとは云うまい、と思っている。それによって太平の生命を救うという魂胆《こんたん》だった。

「違うな」

十兵衛は冷たく云った。

「あほの太平は、もう少しで俺を殺すところだった。俺には刀を抜く暇さえなかった。恐るべき剣だ。お前がはねあげねば、あの一撃で俺の頭はくだけていた筈だ。明らかに獅子洞入の秘剣だ。だが俺はあんなに迅いものだとは、今の今まで思ってもいなかった」

甚右衛門はつまった。十兵衛の言葉が真実をついたからである。

「それに獅子洞入の剣を払い上げる術など、聞いたことも、見たこともない」

「そ、それは……太平は嘗《かつ》て柳生の庄きっての難剣の遣《つか》い手でございました。太刀ゆきが異常なまでに迅いのがその理由です。しかし、慣れますと欠点が見えるようになります。迅いが軽い。ですから強く払いますと、必ず剣が飛びます。永年のつきあいで手前共は充分慣れておりまする故……」

甚右衛門は汗をかいていた。なんとか十兵衛を納得させたいのである。自分の術が石舟斎に教えられた、というより、石舟斎と共に研究した秘術であることを、なんとしてでも隠したい一念だった。十兵衛にはその思いだけがよく判った。

「斬らぬか、甚右衛門」

「お許し願います。愚者を斬る剣は新陰流にはございませぬ」

十兵衛の憤怒が一気に爆発したのはこの時である。

喚《わめ》くなり一気に間合を詰め、必殺の抜き討ちを浴びせた。六十を越した老人が、よもや受けとめることの出来る剣ではなかった。大袈裟《おおげさ》に云えば、その一剣には江戸で、宗矩の下で勉んだ柳生新陰流のすべてが籠《こ》められていたと云っていい。

結果は無残なものだった。十兵衛の大刀は太平の木刀と同様、天空高く跳ねとんでいたのである。

甚右衛門はいつ抜いたとも見えぬ脇差をそろりと鞘《さや》におさめながら、呟《つぶや》くように云った。

「即刻、柳生を退転つかまつる。それにてお許しの程を」

深く低頭すると、相変らずにたにた笑っている太平を抱くようにして、ゆっくり遠ざかっていった。

〈とめなければいけない。絶対に出てゆかせてはいけない〉

そう思いながら、十兵衛は声も出なかった。

そのうち躰の奥底から慟哭《どうこく》がこみ上げて来た。口惜しいのか、悲しいのか、そんなことはまるで判らなかった。ただ泣いた。樹の幹に顔を押しつけるようにしながら、泣きに泣いた。

「甚右衛門！」

旅立ち

屋敷へ戻ると、十兵衛はすぐ老職を呼び、野方甚右衛門の離村をひきとめるように命じた。

「俺の方が出てゆく、とそう云え」

本気だった。とてもこの里にいられるものではなかった。一夜明けたらすぐさま旅立つつもりだった。回国修行の自信さえなくなってしまった。一流を建てた兵法者相手に互角に勝負出来るなどとは考えられなかった。どこか深山にでも籠って、一からやり直すしかない。何年かかるか不明だが、それ以外に自分の剣を見出す道はあるまい。そう決心していた。

完全な自信の喪失《そうしつ》である。傲慢《ごうまん》の度が激しかった分、落ちこみ方も激しかった。野方甚右衛門は見事に十兵衛の天狗の鼻をへし折ったのである。十兵衛はその夜、輾転反側《てんてんはんそく》して、遂に一睡もすることが出来なかった。

早朝、まだ家人たちの眠っている時刻に、十兵衛は旅姿に身を固め、屋敷を出た。誰にも見られずに柳生を出たかった。だがそうはいかなかった。

門を出たところにその女は立っていた。しかも旅姿である。齢の頃は二十二、三。普通ならとっくに嫁に行っている筈だが、この女には人妻の匂いは皆無だった。眉が黒々として白歯なのは娘のしるしである。髪は長く背中に垂らし、美女とはいい難いまでも尋常な顔立ちだった。だが肌は日灼《ひや》けで黒い。そんなところは百姓女のようだが、挙措《きょそ》に奇妙な優雅さがある。何とも正体の摑みにくい女だった。

女は十兵衛を待ち構えていたように、軽く一礼して、無造作に云った。

「お供つかまつります」

十兵衛は度胆を抜かれたと云っていい。何しろ見たこともない女なのである。それがこんな早朝から待ち構えているとは、どういうわけか。

「供などいらん。大体、そなた、何者だ？」

「きぬと申します」

「名前などどうでもいい。俺はそなたを知らぬ」

「あほの太平の娘でございます」

きぬがさらりと云った。十兵衛はあっと口を開けたが、声にはならなかった。

「父が御無礼を働きましたのにお許し下さったと、野方の小父さまから伺いました。父の生命のお礼を致さねばなりませぬ」

「甚右衛門がそう命じたのか」

「小父さまは、父を引き取って世話してやると申されただけです」

十兵衛は沈黙した。何かいまいましかった。あの爺いは俺の旅立ちの時刻まで、正確に見抜いていた。誰にも見られずに出て行きたい気持を読んでいたのだ。憎たらしかった。ぶちのめしてやりたかった。だが今のままではぶちのめされるのはこっちである。

「気持は判った。だが供はいらん。まして女子など足手まといなだけだ」

「自分の喰い扶持《ぶち》は持参しております」

きぬの足もとに大きな頭陀袋《ずだぶくろ》が置かれてあった。恐らく米でも入っているのだろう。十兵衛はうんざりした。

「いい加減にしろ。当てもない旅だ。女子はいらん」

きぬが驚くべきことを云った。

「どこぞ山にお籠りになりますのでございましょ？　女子がいなくては、炊事・洗濯を誰がなさいます？　若様にお出来になることではございません」

十兵衛は絶句した。甚右衛門はそこまで見抜いていたのだ。そして山籠りの決心をした時、喰い物はどうしたらいいのか、と一瞬考えこんだのは確かである。洗濯など考えてもみなかったが、喰い物だけはそうはいかない。十兵衛は米一つ炊いたことがなかった。仕様がない。木の実でもとって喰うか。そう思った。現実にそんなことになったら、のたれ死するだけだったろう。木の実などそう簡単に手に入るものではなかったからだ。女の言葉は憎いほど十兵衛の弱点をついたことになる。

十兵衛は黙って歩きだした。どうせ女の足で自分について来れるわけがない。振り切ってしまえばいいのだ。こんなところに立って押し問答をしていたら、そのうち家人が起きて来るに相違なかった。そうなれば騒ぎになる。とにかく四半刻（三十分）でも早く柳生の庄を離れるのが先決問題だった。

きぬはこの無言を同意ととったらしい。大きな頭陀袋を軽々とかつぐと、嬉々としてついて来た。女にしては長身で、少年のようにしまった躰だった。

意外なことにきぬは恐ろしい健脚の持主だった。振り切るどころか、十兵衛の方が音《ね》をあげたくなるほど速く疲れを知らない。結局は供を承知したのと同じことになった。それに旅の間でも、きぬのいる方が随分と便利だった。この女は屈託というものを知らないし、恐ろしく人なつこい。旅籠《はたご》の人々ともすぐうちとけ、まるで身内のように、忙しい時は助人《すけっと》を買って出るのだから、その主人である十兵衛が大事にされるのは当然だった。お蔭で十兵衛は嘗てないほど快適な旅が出来た。

この時、十兵衛がなんという山に入ったかは一切の記録を欠くので不明である。だが後に十兵衛の書いた『月之抄』の序文には、もっぱら柳生谷の故郷に帰って山谷を駈けめぐり、『先祖の跡をたづね、兵法の道を学』んでいた、とのみあるから、この時もそうそう遠くまでは行かなかったのではないか、とも思われる。それに全く人跡未踏の深山に入ったのでは、何年も生きてゆくことは不可能だ。やはり里に近い、さほど高山でないところだったのではないだろうか。前記『月之抄』の序文に次のようにある。

『物なき山のすまひ、柴の庵《いほ》りの風のみあ（荒）れて、かけひ（懸樋）ならでは、つゆ音なふものなし。此世の外はよそならじと侘《わび》ても至《いたす》つれづれ……』

これを読んだ限りでは、人の訪れることのない山奥という感じはあるが、嶮《けわ》しく厳しいという感覚はない、と思うのは私だけではあるまい。

とにかくそのような山中で、十兵衛ときぬの二人だけの生活が始まった。きぬのお蔭で、十兵衛は剣の修行一筋に励むことが出来た。

十兵衛の思案は、父宗矩が石舟斎から授けられ、自分に伝えてくれたあらゆる剣型と、『あほの太平』と野方甚右衛門が見せた、あの凄まじいまでに迅い太刀ゆきにあった。心を落着けて思い出してみると、二人の使った剣型は十兵衛が父に授けられた型の中に含まれていた。すべて既知の剣型だったのである。それが全く未知のものに見えたのは、専《もっぱ》らその太刀ゆきの迅《はや》さのためだった。

十兵衛は先ずその迅さを身につけることに専念した。父から伝授されたすべての型を、倍の速さで使うことを目標として、ひたすら重い木刀を振った。太平と甚右衛門の太刀ゆきが、常に眼前にあった。それよりも迅くなくてはならぬ。なんとしてでも迅くなくてはならぬ。

十兵衛ときぬは、山中に入って一月もしないうちに、男と女の関係になった。きぬは生《き》娘《むすめ》だった。父の世話をするためにこの齢まで嫁にもゆけなかった。肉親は父と娘、二人きりだった。だからきぬを娶《めと》れば太平もついて来る。誰も『あほの太平』を引きとりたいとは思わなかった。勿論、いたずらを仕掛けて来る若者はいた。五人がかりで手ごめにされかかったことも、一度だけある。その時は突如太平が現れ、木刀を振って五人ことごとくの頭蓋をくだいた。野方甚右衛門が老職に懇願し、この事件は闇から闇に葬られたが、以後きぬに手を出す男たちは絶えた。太平が嘗《かつ》て甚右衛門と並んで、柳生谷の竜虎と呼ばれた剣士だったことを、住人のすべてが思い出した。頭はぼけても、剣の腕は健在だったのである。いずれも一撃で殺された五人の若者の死体が、そのことをはっきりと示していた。甚右衛門は老職から太平の監視を命ぜられた。太平が暴れ出したら、抑えられるのは甚右衛門一人だったからである。

十兵衛はきぬが名前に恥じぬ肌の持主なのを知った。衣服に包まれている部分は異常なまでに白く、絹のようにすべらかだった。きぬは明るく野放図ともいえる性格のくせに、閨《ねや》の中では恐ろしく羞《はず》かしがり屋だった。一切声を上げず、奔放さなど薬にしたくもなかった。十兵衛が離れるとはじめてほっとしたように元々の明るさに戻るのである。なんともいとしい女だった。

十兵衛は完全に酒を絶った。太平に襲われて、手も足も出なかった不覚を忘れることが出来ない。酒さえ飲んでいなければ、あれほどの完敗は喫しなかった筈だった。勝てたとは思えない。だが、せめて抜刀することぐらいは出来た筈だ。酒ぐらいで腕は変らぬ、と広言していた自分が羞《はず》かしかった。そして酒を絶った分、きぬの躰に溺《おぼ》れた。それと同時にきぬの控え目な挙措《きよそ》が物足りなくなって来る。なんとか声を上げさせたい、と思った。一方的な交りを嫌うのは男の本性《さが》である。十兵衛には閨の智識は皆無だった。平安の昔から我が国に導入された中国の房中術は、公卿《くげ》の独占する智識であり、武士にまでは及んでいなかった。だから十兵衛は、この面でも全く独学で智識を蓄えてゆくしかなかった。

十兵衛の剣は日一日と迅くなり、遂に眼前に常に映じていた甚右衛門と太平の太刀ゆきの迅さを超えた。だがそこまでだった。ある一点で進歩はぱたりと止まり、なんとしてもそれ以上の迅さにはならない。当然のことだった。だが十兵衛は焦った。これでは不充分だった。もっともっと迅くなければならぬ。勝負に勝つには、人間の限界を超えた迅さが必要である。ひたすらそう信じ、無理な訓練を続けた。

ある晩、腕に激烈な痙攣《けいれん》が走り、動かなくなった。限界に達したのである。十兵衛は絶望し、死を思った。きぬが名も知れぬ木の葉をとって来てはその腕に湿布を繰り返した。旬日で腕の痛みはとまり、動くようになったが、すぐさま稽古にかかろうとする十兵衛を、珍しくきぬがこわい顔でとめた。十兵衛は歯牙《しが》にもかけず稽古を再開したが、報いは立ちどころに来た。また腕が動かなくなったのである。きぬの云う通りだった。無理は禁物だったのである。だが十兵衛はやめなかった。湿布は続けたが、ほとんど動かない腕で木刀を振り続けた。意地になっているとしか思えなかった。

「腕をなくしたらどうなさるのですか」

きぬがたまりかねて詰《なじ》った。

「迅くない腕なら、なくなってもいい」

十兵衛はそう答えた。

腕は丸太ン棒のように脹《は》れ上り、最後の限界が来た。ある日、歯をくいしばって木刀を振っていると、がきん、というような音と共に、嘗て味わったこともない凄まじい痛みが両腕に走った。十兵衛は危く失神するところだった。木刀は自然に地に落ち、拾うことも出来ない。

〈終りか〉

十兵衛は絶望し、小屋に戻るとすぐ寝こんだ。きぬが湿布を施《ほどこ》したが、十兵衛は知らない。今日までの疲労が一気に発したかのように、只もう眠りこけた。

朝が来た。自然に目覚めた十兵衛は、無意識に腕を動かした。軽くそれは動いた。今までとは全く違う軽さなのである。おや、と思った途端に、昨日のことを思い出した。

〈腕を切りとられた……〉

恐怖が襲いかかり、十兵衛ははね起きた。錯覚にすぎなかった。腕は依然として生《は》えていた。しかも信じられぬほど軽々と動く。気のせいか脹れも引いているような感じがした。

十兵衛は大声できぬを呼び、湿布をとらせた。きぬが目を瞠《みは》った。確かに脹れは引いていたのである。

「どういうことなんでしょう」

十兵衛は首を横に振った。さっぱりわけが判らなかった。木刀をとって外に出た。一瞬躊《ため》ったが、思い切って振った。嘘のように一切の痛みが消えていた。斬撃を次第に迅くしていった。腕には異常はなく、斬撃の迅さは旧に倍するかと思われた。しかも一貫目はある木刀が、箸のように軽く感じられる。

「出来た！」

十兵衛は叫んだ。

「出来たよ、きぬ！」

きぬは土間にぺったり坐りこんだまま、身も世もなく泣いていた。

無刀取り

十兵衛がきぬを連れて柳生谷に戻ったのは、三年後の寛永六年である。十兵衛、この年二十三歳。三年前に較べて躰はむしろ痩《や》せたかのように見えた。あの頃の、立っているだけでまわりの者を威圧するような覇気《はき》が、拭《ぬぐ》ったようになくなっている。だがそれはみせかけだけだ。一見して隆々たる筋肉は見当らないが、僅かに力を入れただけで、腕も太股も倍近い厚みになる。躰じゅうにくっきりと凄まじいまでの筋肉が浮び上る。力を抜けば忽《たちま》ち元に戻る。一種伸縮自在の柔らかい躰に出来上っているのだった。

十兵衛はまっすぐ陣屋屋敷に行き、驚いて出迎えに出た老職に云った。

「野方甚右衛門たち八人の故老は生きているか」

「はい。いずれも無事息災に暮しておりますが……」

「今日、道場で会うと云ってくれ。太平はどうだ」

「これも相変らず……」

「太平も道場に入れろ。他の者は追い出せ」

無造作に云って出てゆこうとした。老職が慌てて追った。

「お待ち下さい。八人の老人ども、以前のように道場に来る気はないかも……」

「今度は必ず来る」

あっさり云って十兵衛は去った。


十兵衛が云った通り、道場には野方甚右衛門以下八人の故老たちが、いずれも改まった衣服をつけ威儀を正して坐っていた。若者たちの姿は一切ない。

十兵衛は座につくと見廻して訊いた。

「太平はどうした？」

「只今」

甚右衛門が素早く答えて立つと、控えの間から太平を引っぱって来た。一応紋服は着せられているが、相変らずよだれを流し、表情はうつろだった。

「木刀を渡せ」

十兵衛の声は聞きようによっては氷のように冷たかった。

甚右衛門は一瞬躊《ため》ったが、すぐ刀掛けから蛤刃《はまぐりば》の木刀をとって来て、太平に渡した。うつろだった太平の眼に、瞬時に光が甦った。木刀を軽く握って立った。

「しゃーっ」

鋭い掛声が洩れた。木刀の先は斜め左をさし、自然に下段につけられている。柳生新陰流にいう無形《むぎょう》の位《くらい》だった。新陰流では『構え』という言葉を嫌い『位』と云う。『構え』が固定したものの感を与えるのがいけないのである。

十兵衛が立って来て、道場の中央に立った。素手《すで》である。だらりと両腕を垂らした自然な態度だった。なんと脇差も差していない。

甚右衛門が何か云いたそうに口を開きかけて、又つぐんだ。いずれにしても遅すぎた。『あほの太平』はもうするすると十兵衛に向って歩き出していた。無造作に一足一刀の間境いを越える。

十兵衛は全く動かない。僅かに身体が前傾している。

甚右衛門以下八人、ほとんど息を殺して十兵衛の挙措を見つめていた。

木刀が恐ろしい迅さで撥《は》ね上った。三年前と同じ逆袈裟である。相変らず凄まじいまでの迅さだった。

驚くべきことが起った。木刀が撥ね上るよりも早く、十兵衛の躰がかがんだのである。

しかも空を裂いてゆく逆袈裟の木刀を下から追うように弾《は》ね返った。その速度は太刀ゆきの速さを遥かに上廻った。そして右の拳が太平の握った木刀の柄を下から上に向って強く叩いた。木刀はすっぽぬけたように飛び、音をたてて天井にぶつかった。

甚右衛門たちは思わずどよめいた。

「無刀取り！」

という声が上った。

確かにこれは柳生新陰流の秘中の秘ともいうべき『無刀取り』の術だった。流祖上泉《かみいずみ》伊勢守がどうしても工夫がつかず、柳生石舟斎にその完成を託したといわれる、曰《いわ》くつきの秘術である。石舟斎は永年かかってこの術を生み出し、それによって伊勢守から、新陰流の道統をさずけられている。今の世にこの術を伝える者は、尾張柳生の兵庫助利厳ただ一人と信じられて来たものである。宗矩はこの術の姿は知っていたが、遂に自分のものにすることが出来なかった。それを、今、十兵衛が見せたのである。

八人の故老たちにとっては、驚天動地の出来事だった。十兵衛には何ほどのことでもなかった。すべては迅さの問題だった。上手の者をも遥かに超える太刀ゆきの迅さを身につけた時、眼もまたその迅さを獲得した。相手の動きがすべて緩慢《かんまん》に見える眼である。相手の動きの一つ一つがゆっくりと虫の這うように見えれば、かわすことも、隙をつくことも容易であろう。十兵衛の眼も動作も、最早常人の世界にはいなかった。数段高い迅さの世界にいた。だから充分の余裕をもって、太平の剣を迎えることも出来た。

十兵衛は茫々然《ぼうぼうぜん》と佇《たたず》んでいる太平の肩を抱いた。

「おきぬを有難う。あんな素晴しい女はいないよ」

突然、太平の眼から大粒の涙が流れ落ちた。次いで大きな声をあげて泣いた。

「きぬ！　きぬ！　どこへいったんだ、きぬ！」

暴れようとしたが、十兵衛が両肩を抱いた腕に力を入れると、ぴりっとも動けなかった。

「きぬは帰って来たよ。俺と一緒にな」

太平には十兵衛の声がきこえないようだった。益々《ますます》大声をあげて泣いた。十兵衛はいたわるように何度も抱きしめていた。

野方甚右衛門が不意に立って出ていった。

やがて道場の裏で、ぴたりと正坐したまま泣いている甚右衛門の姿が見られた。

「どうやらお役目を果しました、石舟斎さま」

甚右衛門は涙の中でそっとそう呟いた。

跛行《はこう》の剣《けん》

戦場

新次郎厳勝《よしかつ》は走っていた。

濛々《もうもう》たる砂塵が立ちこめ、人影は朦朧《もうろう》として影絵のようだ。

兵士たちの喚声、法螺貝《ほらがい》や陣鉦《じんがね》の音が、耳を破りそうに鳴り響いている。その中で自分と味方の兵士たちのずしんずしんという足音が、まるで主調低音のように抑えられ、だが腹の底にこたえる頼もしさと力強さをもって響き続けていた。

この調子だけをはずさずに、どこまでもつっ走ればいい。新次郎はいつかそんな気になっていた。

新次郎の前には誰もいない。味方は全員一間のうしろにいた。新次郎はこの徒歩《かち》部隊の隊長だった。隊長がまっ先駆けて走らなくては、部下は誰一人ついて来はしない。部隊の全員を引っぱり、酔わせ、狂気にとりつかせるのが隊長の役目である。引っぱるだけで酔わせることが出来なければ、隊長は一人だけ突出することになり、確実に死ぬ。部下に自分の熱と狂気を伝染させねばならない。殺人への渇望に燃え上らせなければいけない。すべては隊長の気力一つにかかっていた。

新次郎厳勝の気力は充分に充実している。頭の中には斬人への思いだけがぶんぶん音をたてている。他のものは一切消えていた。

新次郎がたった一つ気にしているのは、自分の走りが遅いことだった。これだけはどう仕様《しよう》もない。新次郎にも嘗《かつ》ては羚羊《かもしか》の軽さで風のように走った時期があった。十六歳の初陣《ういじん》の時である。その時は部下たちは新次郎について来るのに難儀《なんぎ》したものだ。だがたった一発の銃弾が新次郎からその疾風《しっぷう》の足を奪ってしまった。左腰骨を射《う》たれ、危く死はまぬかれたものの、以後躰を大きく傾けずには歩行出来なくなってしまったのだ。だから今懸命に走っている新次郎の姿は、一歩一歩左に傾き右に傾き、見ていて辛《つら》くなるような不様なものだった。それでも並の人間の速さは保っているのは、血を吐くような修練の結果だった。部下たちは全員それを知っている。狭い村の中のことである。毎朝毎朝、雨が降っても風が吹いても、一日として休むことなく、ひょこたん、ひょこたんと走り続けていた新次郎の姿を、彼等のすべてがいやになるほど見て来たのだ。どんなに格好が悪くても、人並の速さで人並の距離を走り通せるまでに、四年の歳月がかかっていた。

だからこそ、今、最前線に立って、顔中口にしてわけの判らぬ怒号を喚《わめ》きながら、陣太《じんだ》刀《ち》を肩にかつぎ、ぶざまな格好で敵陣へ駆けて行く新次郎の姿が彼等には充分感動的なのだ。それだけで新次郎は彼等を酔わせ、狂気に駆り立てることが出来た。その上、部下たちの腹の底には一種のつぐないの気持がある。初陣の時、あんなに独走させず全員が一丸となっていたら、新次郎は狙撃《そげき》されなかったかも知れないのだ。誰もがそれを自分の罪のように感じ、なんとしてでもつぐないたいと思っていた。それがこの部隊を恐るべき戦闘集団にしたてている。

不意にさっと砂塵が晴れ、敵の部隊がぎょっとするような鮮明さと大きさで目の前に現れた。自分たちを圧倒する巨大な壁のように見える。しかもその壁は恐ろしい迅《はや》さでこちらに殺到して来ているのだ。

不思議に新次郎に動揺はなかった。

〈今日は色が見える〉

そう思った。初陣の時には、こうして敵と向い合った瞬間、忽然《こつぜん》とすべての色が消えてしまったのを今でも明白に覚えている。色が消え、すべてが白と黒に変ってしまったのである。眩しいような白と吸いこまれるような黒。そして白い部分に行きつくために、黒に向って渾身《こんしん》の力でぶつかっていった。相手の首筋を斜めに切り裂いた時、凄《すさ》まじい勢いでほとばしり出た大量の血でさえも黒だった。断じて赤くはなかった。

〈今日は血は赤く見えそうだ〉

頭の片隅でそう思いながら、新次郎は自分の正面の鎧《よろい》武者に向って跳躍《ちょうやく》した。躰を傾けた場所からの突然の高い跳躍は、大方の相手の意表をつくことになる。この相手も例外ではなかった。思わず見上げた男の咽喉笛《のどぶえ》を新次郎の太刀が正確に切り裂き、鮮血をほとばしらせた。

〈やっぱり赤い〉

思いながら着地すると、今度は地べたに這《は》うようにして一人の両脚を切断し、返す刀で別の一人の股倉から腹まで思い切った逆袈裟で斬り上げた。

〈顔が見える！〉

新次郎は素直に驚いている。初陣の時には相手の顔など見てはいなかった。見ても見ていない。戦いが終ってただの一人も思い出せなかった。それが今日は鮮明に見える。痛さで歪《ゆが》む顔。自分の血の量に茫然《ぼうぜん》としている間の抜けた顔。睾丸《こうがん》を摑《つか》んで泣きべそをかいたような顔。初太刀で斬った三人の武者の顔は、到底忘れられそうにもないほど頭に焼きついた。

同時に奇妙にも、今まで昂《たかぶ》っていた気持がすとんと落着いてしまったようだ。

〈なんて馬面だ〉

替って前に立った男の顔が異常に長かった。その顔に恐怖と憎しみの入り混った気持がありありと浮んでいる。

新次郎はその馬面を正確に額から顎《あご》まで真一文字に斬り割った。同時に我から転って、横の敵の片脚を刎《は》ねとばす。

上から槍が降って来た。

〈有難うよ〉

その槍を摑み、相手の引く力に乗って起き上りながら逆袈裟に斬り上げ、ついでに隣の髯面《ひげづら》の咽喉を突き刺した。

鉄砲の出現によって甲冑《かっちゅう》は昔より簡単になり軽くなったが、その分堅固も増し、冑《かぶと》や胴丸の部分などは一枚鉄で刀が通りにくくなっている。だから刀で斬る部分はきまっている。顔、首、腕、脚、股間の五ヵ所だった。勢い斬撃の方法も限られたものになる。要はどれだけ正確にどれだけ迅く太刀が振えるかにかかっていた。

新次郎はもう何人の敵を斬ったか判らなくなっていた。眼の前が赤い靄《もや》に包まれているようだ。眼に映るものすべてが赤い血の色だった。彼自身の躰も真っ赤だった。すべてこれ返り血である。不思議なほど怪我は負っていない。

不意に眼の前の人間の壁がなくなった。空白の野原が拡がっていた。いつの間にか敵の前線を突破していたのである。第二陣までは三町もありそうな、何もない空白地帯だった。

〈しまった！〉

条件反射のように悲鳴を上げたくなった。

〈鉄砲にやられる〉

初陣の時と変りなかった。自分だけが突出しすぎたのだ。もっとも今度の条件は前とは少し違った。新次郎の斬撃が余りに迅く凄まじすぎて、敵が争って彼の前から逃れたためだった。部下たちの伎倆《ぎりょう》をもってしては、その後を追い切れなかった。総崩れになった敵を蹴散《けち》らして、新次郎のすぐうしろまで迫ってはいたのだが、僅かに遅れた。

一斉《いっせい》射撃の轟音が起り、新次郎は躰は丸太ン棒でぶん殴られたかのように後方へすっとんだ。

新次郎は頭を一つ振ると立ち上ろうとした。驚くべき生命力だった。だが腰から下に感覚がない。怪訝《けげん》そうに自分の躰を見おろした。前に射たれたあたりに、又被弾したらしい。血でぐしょ濡れになり、骨がくだけているようだった。

〈また走る稽古《けいこ》か〉

そう思ったのが最後だった。柳生宗厳《むねよし》の嫡男、柳生新次郎厳勝《よしかつ》の意識はそこでぷつんと切れた。元亀二年（一五七一）初秋八月のことである。

地獄

もう走る稽古さえ出来なくなった。

左の腰骨が今度こそぐずぐずに崩れてしまったのである。

新次郎は丸二年、坐ることも出来なかった。天はどうしてあの時自分を死なせてくれなかったのかと、そればかりを思いながら天井を睨《にら》んでいる二年だった。

その間に骨の間に肉が入り込み、それなりになんとか固まったらしい。射たれてから二年目の天正元年（一五七三）晩秋のある晩、新次郎は突然起き上ることが出来るようになった。

新次郎の妻宗《むね》は伊賀忍びの頭領仁木伊賀守義政の娘である。徳川家康の正妻築山殿の姪だと云われている。新次郎が十九歳の時、三つ下の十六歳で嫁に来た。

新次郎の負傷以来、宗は新次郎の寝間の隣室で寝ていた。夫婦のことは全く絶えている。新次郎は不能者になっていたのだ。

それなのにその晩、新次郎は宗のあの時の声を聞いた。腰から下が動かなくなって以来、まるでその代償とでも云うように、新次郎の眼、耳、鼻の感覚は異常なほど鋭敏になっていた。その耳が聞きつけた喜悦の喘《あえ》ぎだった。考えられることではなかった。新次郎は宗の名を呼ぼうとして、はたと口を噤《つぐ》んだ。今度は男の呻《うめ》く声が聞こえた。その声が聞き慣れた父宗厳《むねよし》のものであることに気づいて、新次郎は凝然《ぎょうぜん》となった。悪夢の中にいる思いだった。

〈醒《さ》めろ！　醒めてくれ！〉

祈るように思ったが、男と女の声は嫋々《じょうじょう》と続き、悪夢は深まる一方だった。

限界だった。

喚こうとしたが、咽喉が塞がったように、声が出ない。

だが何かせずにはいられなかった。

躰を捻《ひね》ってうつ伏せになった。

腕の力だけで這った。隣室との境まで何とか達した。息をつめて僅かに襖《ふすま》を開けた。

闇だった。底深い闇の中に、獣の蠢《うごめ》く気配だけが濃密に立ち籠めていた。

見えない。何一つ見えない。新次郎は焦《じ》れた。両腕に渾身の力を籠めて、上体を起そうとした。上体は持ち上ったが、まだ見えない。動かない腰に鞭うつようにして更に躰を伸ばした。

その時、それが起った。躰の中で、ばしっというような音が聞こえ、次の瞬間、新次郎は坐っていた。きちんと膝を揃えて坐っていた。だがそんなことは新次郎の意識になかった。

見えたのである。

どうやら部屋の境に丈の低い枕屏風《まくらびようぶ》を立ててあったらしい。正座することによって、その向うが見えた。しかも正にその瞬間に仄《ほのか》に月光が部屋の中にさしこんで来た。

信じられない光景だった。

宗の白い脚が宗厳の胴を抱え、その背でしかと組まれていたのだ。白い脚は月光に濡れながら、それ自身生ある物のように、緩《ゆる》やかに律動を繰り返していた。

新次郎は放心したように、この新しい夢を、新しい地獄を見つめるばかりだった。

翌朝、身仕度を整え、いつものきりっとした主婦に変貌した宗は新次郎の部屋に入った。入るなり、思わず悲鳴を上げた。

新次郎が坐っていた。昨夜と同じ姿勢で、戸口に背を向けたまま、宗の部屋に向って、きちんと正座していた。襖の隙間だけが閉じられていた。

「お坐りに……」

宗の声がつまった。新次郎の姿勢に疑惑が生じたのである。何故あんな所に……。だがその疑惑より、新次郎が坐れたという奇蹟の方が重大だった。

「お坐りになれたのですか！」

新次郎はゆっくりと両掌を躰の脇に降ろし、腕の力で下半身を持ち上げるようにして身体の向きを変えた。脚は折れ曲ったままである。だが腰は崩れなかった。

宗は息を呑んだ。新次郎の顔が一夜で変貌していた。幾条もの深い皺がその顔に刻まれていた。それは地獄の中で荒れ狂った男の顔に、鬼の刻んだ長い爪の痕《あと》だった。とりわけ口のまわりの皺が深く、二十二歳の新次郎を翁《おきな》のように見せていた。

「利平を呼んでくれ」

利平は宗の父仁木義政の下忍だった男である。雑用を果すために宗につけられて柳生に来た。その器用さを買われたためだ。本当に利平は何でも出来た。商売ものの忍びの術も一流だったが、鍛冶・木工に巧みで、鉄砲づくりから家の建築まで朝めし前にやってのける。料理人はだしの包丁使いだし、薬の調合にも詳しい。医師と云っても通るほど診立《みた》ても確かなら、外科の腕もいい。新次郎の再度の負傷以来、いつか新次郎付きになり、つきっきりで世話をするようになった。年齢のほどは判らない。三十七、八と云っても通るし、五十を過ぎているようにも見えた。肝心の本人さえ、何歳になるか知らないのである。利平はこの二年、木枠のようなものを作り、新次郎の腰を支え固定させて来た。苦痛を軽くするためと傷が自然に固まるのを邪魔しないためだった。結果としてそれが有効だったことになる。

新次郎は宗も近づけず、利平と長いこと何事か相談していた。

次の朝、利平は異様な道具を作って来た。今日で云う松葉杖である。但しそれは鉄製だった。かなりの重量があるところを見ると無垢《むく》のようだった。杖の先は木でくるみ、当りが柔かいようにしてある。

新次郎は松葉杖を両脇に挟み、利平に持ち上げられるようにして辛《かろ》うじて立った。

その姿を見た時、宗は思わず声をあげて泣いた。二年ぶりの立ち姿だったのである。

新次郎の脚には本来何の故障もなかった。だが二年寝たきりだったために、その機能を忘れていた。脚に本来の働きを思い出させてやらなければならないんです。利平はそう云った。腰を守る枠はそのままに、松葉杖をついた歩行訓練が始まった。足に重い鉄の高下駄をはいたりもした。それだけではなかった。鉄の松葉杖もまたそれなりの訓練の道具だった。それは腕の筋力をつけるためのものだった。新次郎はそれを振り、握力と筋力を鍛えた。少しずつ少しずつ、歩行の距離は延び、やがて柳生谷の人々は、松葉杖をついた新次郎が一日中村のまわりを歩く姿に慣れていった。

この頃、足利将軍義昭に味方していた父柳生宗厳《むねよし》は、義昭が織田信長に追われ、足利幕府が滅びたのを境に、一切の公職を去り、石舟斎と号し、柳生の庄に籠って剣の修行一筋に生きることになった。所領二千石を奪われ、一介の牢人《ろうにん》になったのである。家臣たちはほとんどが帰農し、野良仕事のかたわら剣を勉《まな》ぶことになった。この逼塞《ひっそく》の状態は以後二十年に及んだ。

だが新次郎はそんなことには一切関わりがないようだった。心にかける気配もなかった。毎日毎日判で押したように歩行練習と筋力をつける鍛練《たんれん》を繰り返すだけだった。その傍《かたわ》らには常に利平の姿があった。

宗と石舟斎の関係は続いていた。あの朝、何故新次郎が自分の部屋との境に坐っていたかという疑問は、宗の胸を去ることはなかったが、宗は新次郎に訊《ただ》すことも、石舟斎に告げることもなかった。

〈仕方のないことです〉

そう諦《あきら》めていた。居直ったような形だった。

新次郎も宗を責めることはなかった。まるで空気を吸うように自然に対していた。だがあの晩に刻まれた地獄の鬼の爪痕は、日一日と深くなるようだった。新次郎の顔は年に似合わぬ老成したものになっていった。

宗は時に新次郎の眼の底に冷《ひ》やりとしたものを見るように思った。妻でもなく、人でもない、何か別種の生物を眺めるような冷たい眼だった。その時だけ宗の胸の中に深い悲しみが拡がる。だがどう仕様もなかった。何を云い、何をすればいいのかと、自分に問うてみることは出来る。でも答えはなかった。誰も、何も、決して答えてくれようとはしなかった。

そんな二人を、周囲の者たちは、穏《おだ》やかないい夫婦だと噂した。

そして三年が経《た》ち、宗は男の子を産んだ。長男久三郎である。天正四年（一五七六）、新次郎は二十五歳。宗は二十二歳だった。


宗の懐妊が明らかになった時、利平が新次郎に淡々と云った。

「お父上を殺しますか」

利平は新次郎が男の機能を失っていることをとうに知っていた。

新次郎は短く、

「いや」

と云っただけだった。

この頃には永年新次郎の腰を支えて来た木枠は姿を消していた。腰は完全に固まり、どんなに動かしても何の痛みもなかった。両脚も自分たちの役目を思い出し、立派に機能を果たすようになった。だが走るのだけは無理だった。走ろうとすると大きく平衡《へいこう》が崩れて転倒する。跳ぶことも無論出来ない。脚の弾力はあっても、腰が支えられないのだ。新次郎に出来ることは、上体を大きく傾けるという異様な形で、だが常人より遥かに速く歩行することだけだった。

「杖を替えたいと思う」

新次郎はそう云い、どんなものが望みなのか詳しく説明した。利平が難しい顔で意見を云い、新次郎が反論し、いつ果てるともない争論になった。利平も石舟斎を殺す話よりずっと愉しそうだった。

「父上が道場でお待ちです」

と宗が告げたのは、それから数日後のことだった。

新しい杖が出来て、利平がそれを新次郎の躰につけているところだった。肱《ひじ》まで伸びた支えがついていて、更に手で握るようになっている鉄の杖である。前のよりずっと短かった。それだと脇に挟むことなく、もっと自由な感じで躰が支えられる。

「すぐ行く」

新次郎は新しい杖をついて部屋中歩いて見た。利平が目を細めて見ている。

「身体がお軽そうに見えます」

嬉しそうだった。

「本当に軽いんだよ」

新次郎がくるりと回転してみせた。宗ははっとした。今迄なら、こんな真似をしたら間違いなく転んだ筈だ。だが新次郎は平然と立っていた。そればかりかまた回った。更にもう一度。回るたびに躰が低くなってゆくのに、利平だけは気づいていた。目を光らせて見つめた。

はたと回転がとまった。その瞬間、突如として新次郎の背が伸びた。それだけでどきりとするような迫力があった。

宗さえもそれに気づき、顔色を変えた。何故か斬られたと感じた。

利平がにたっと笑った。

「出来ましたな」

「いや」

新次郎が渋い顔で云った。

「まだまだだ」

暫《しばら》く考えこむように歩いた。杖の調子を見ているように見えた。そのまますっと庭に降り、道場の方へ歩き出した。利平がなにげなく追ってゆく。

宗は躰がしびれたように動かない。ぺたっと坐りこんだまま、大きく傾斜しながら去ってゆく新次郎の後姿を見送っていた。

〈私は何を見たのだろう〉

判らなかった。新次郎は三度回転し、とまった。外面的にはそれだけだった。だが絶対にそれだけではなかった。新次郎の中の何かが、永いこと身を潜《ひそ》めていた、何か途方もなく恐ろしい物が、忽然《こつぜん》として姿を現し、そして一瞬に消えた。そんな感じがした。その途方もなく恐ろしい物が何であったのか。それが宗には云えなかった。それが新次郎の胸底に潜む地獄の鬼の姿だとは宗には遂に判らなかった。だが自分の生命も、ひょっとしたら石舟斎の生命も、その途方もなく恐ろしい物の前では、ひとたまりもなく失われそうな予感がした。

宗の胸は波立ち、躰はいつまでも震えていた。

石舟斎は道場の中央に坐っていた。まわりには誰一人いない。

新次郎は全く表情を消してひょこたんひょこたんと進み、石舟斎の前に正座した。杖は二本とも自然に躰の両脇に置いている。腰には短い鎧通しが差されているだけだ。

石舟斎の方は大脇差を腰にし、膝の上に鉄製の孫の手を横たえていた。尺五寸ほどの長さだ。

新次郎は無言で石舟斎の顔を見つめた。父が何故人払いした道場に自分を呼んだか、新次郎には判っている。下手をすると斬られるかもしれぬと覚悟もしていた。身内の恥が曝《さら》されるようなら、斬るしかない。そう決意している父の気持が手にとるように判った。

〈勝手なもんだ〉

新次郎は些《いささ》かの怒りの感情もなしに、冷静にそう思った。もっとも家長という者は、常に勝手なものだ。別して今の石舟斎には柳生新陰流と云う流儀以外には何物もなかった。流儀を守るためなら、何でもする筈だった。

「新次郎」

石舟斎の声は新次郎でさえ聞きとりにくいほど低い。

眼は炯々《けいけい》と新次郎の眼を見つめている。

「わしには子が要るのだ。健《すこ》やかで天才を持った子が要るのだ。一国一人の柳生新陰流の道統を伝えるべき子がな」

それだけだった。いいわけも謝罪の言葉もない。自分の都合だけを述べた。後は黙りこんだ。返事を待っているのだった。

「返事が要るんですか」

暫くして新次郎が訊いた。

「わしには要らん。だが宗には要る」

「好きなように、とお伝え下さい」

突然、石舟斎の顔に朱がさした。怒りに違いなかった。だが新次郎の冷然たる表情を見ると、急速に平静に戻った。

「変ったな、お前」

嘆きではない。ただの確認だった。

「変りました」

新次郎の言葉にも何の感情もない。事実を伝えただけだ。

石舟斎が頷《うなず》いた。

新次郎は新しい杖を両肱にはめ、すっと立った。ほとんど腕の力、それも左腕の力だけでだ。右腕は石舟斎の攻撃に備えておかなければならなかった。大人《おとな》しく斬られるつもりなど新次郎には毛頭ない。

石舟斎の眼がすっと細まった。

「その杖、仕掛けがあるな」

質問ではない。断定だった。

新次郎は無言で右の杖を持上げ、指で一個所を押した。かしゃっ、という音と共に、杖の先に長い槍の穂が生《は》えた。

「左もか」

石舟斎が予期していたように訊く。

新次郎は右に重心を移し、左の杖を持ち上げた。再び、かしゃっ、という音が起り、やや短めの槍の穂が先端からとび出した。

「成程《なるほど》」

石舟斎の声に、かすかだが嘲《あざけ》りがある。

「利平は玩具を作るのが巧《うま》いな」

仕掛杖など児戯に類すると云っているのだ。

新次郎は冷然と応《こた》えた。

「健《すこ》やかならざる者も、生きねばなりませんから」

そのまま礼もせず、相変らずひょこたんひょこたんと戸口へ向った。

その背を見つめていた石舟斎の顔に、僅《わず》かに驚嘆の色が浮んだ。その背は斬ることが出来なかった。平衡を失っている分だけ次の動きの予測がつかないのだ。

「新次郎」

戸口をくぐりかけた新次郎に石舟斎が声をかけた。

「明日から道場に参れ」

新次郎が振り返って石舟斎を見た。その眼が〈何のために〉と訊いている。

「一刻でよい、坐っておれ」

新次郎は肩をすくめ、姿を消した。

石舟斎の胸から深い溜息が洩《も》れた。

殺人刀《せつにんとう》

翌日から道場の片隅に新次郎の正座した姿が見られるようになった。勿論、稽古をするわけではない。父に云われた通り、きっかり一刻だけ黙然と坐っているだけだった。その他の時間は従来通り、利平と共に柳生の山野を歩き廻ることで過した。

七年後、宗はまた男の子を出産した。兵介と名付けられた。更に二年後、三男の権之助が生れる。

　その間に松永弾正久秀は織田信長に殺され、信長はまた明智光秀に殺された。光秀が百姓の槍にかかって死に、天下は羽柴藤吉郎秀吉のものとなったが、此処《ここ》柳生の庄では何一つ変ることはなかった。柳生石舟斎の剣名は高くなったが、依然として一介の牢人である。文禄三年（一五九四）石舟斎は二十四歳になった五男宗矩《むねのり》をつれて京に行き、徳川家康に無刀の術を披露し、そくばくの扶持《ふち》を貰うことになったが、生活が変るほどのことではなかった。

　慶長二年（一五九七）十二月、新次郎の長男久三郎は朝鮮の役に加わり、蔚山《うるさん》で戦死した。二十二歳である。久三郎は結局、石舟斎が柳生新陰流の道統を託すべき天才を持たなかったことになる。

　皮肉なことに石舟斎の正室の子は、五郎右衛門といい、又右衛門宗矩といい、凡庸《ぼんよう》の剣士であり、どこから見ても天才ではなかった。一人、新次郎の次男、兵介だけが、その天才の萌芽《ほうが》を示した。石舟斎はほとんど狂喜したと云っていい。明けても暮れても兵介一人にかかり切りになった。柳生家のすべての男子の中で、兵介だけが石舟斎と全く同じ体型をしていたと云う。師と同じ体型をした弟子の方が容易に師の技術を受け継ぐことの出来るのは自明の理である。柳生家にかかわる者、特に五男の宗矩は嫉妬の念を籠《こ》めてそのことを云い立てたが、実情は違っていた。

石舟斎に最も似た体型をしていたのは新次郎だった。少なくとも十六歳で鉄砲傷を受けるまでの新次郎は、父と瓜二つだった。兵介が生れた時、新次郎は三十二歳だったが、次第に育ってくる兵介が若年の自分にあまりにも似ているのを見て、強い衝撃を受けた。年と共に兵介は益々新次郎そのままになり、性格まで似て来たようだった。新次郎の心に奇妙な悦びが生れたのは、兵介が十歳の頃である。新次郎は四十二歳。柳生の者たちに知られることなく、秘かに磨き上げて来た独自の剣法は漸《ようや》く円熟の期に達しようとしていた。

この頃になって、新次郎はやっと父の気持が判って来た。己れが骨身を削る思いで磨き上げて来た剣法が、受け継ぐ者とてなく、己れ一代で絶えるという思いは、耐えがたい寂《せき》寥《りよう》感を生むのである。

ある夕暮、新次郎は裏庭で独り稽古に励んでいる兵介を見た。石舟斎の作った型に遮二《しやに》無二《むに》自分をはめこもうとする努力が痛々しかった。それでつい声をかけてしまった。

「そんなことをしなくていいんだ」

兵介は驚いたように新次郎を見た。

気がついた時は、新次郎は右手にひきはだ竹刀《しない》を握り、左手で杖をつきながら、その型への別様な入り方を見せていた。少なくとも自分にとってはその方が自然に出来た入り方だった。二、三度やって見せて竹刀を返した。

「やってみろ」

新次郎は竹刀のかわりに杖を使い、打太刀《うちだち》をつとめてやった。兵介は最初は戸まどったが、二度目には正確に新次郎の教えた通りの入り方で自然な使太刀《しだち》を見せた。前の入り方より楽な感じでしかも迅かった。この方が躰に合っていたのである。そうとしか思えなかった。

〈見たか〉

新次郎は腹の中で石舟斎に毒づいた。

奇妙な快感があった。

「わしが教えたと云うでないぞ。咎《とが》められたなら自然にこうなったと申せ」

兵介は目を丸くして、こくんと頷いた。

次の日、兵介は新次郎に授《さず》けられた通りの入り方で使太刀を使った。わざとしたわけではない。使っているうちに自然とそうなったのである。それだけしっくり躰に合った感じだった。

一瞬、石舟斎が息を止めたように見えた。眼の光が僅かに増した。だが何も云わなかった。兵介の入り方を認めたことになる。兵介は覚悟していた叱責がないので安心してその独自の入り方を繰り返した。石舟斎が兵介の小さな躰に新次郎を重ね合せて見ていようとは、兵介の稚《おさな》い考えの思い及ぶところではなかった。

以後、兵介が裏庭で業《わざ》を使うのを見てやるのが新次郎の日課になった。殆《ほと》んどの場合、新次郎は口を出さなかった。打太刀をつとめてやることはあっても、批評はせず、まして別個の太刀の使いようを教えることなど皆無に等しかった。新次郎は新次郎で、幼い兵介の向うに石舟斎を見ていた。そしてほんの時たま、石舟斎の業の無駄を見たと信じた時だけ、兵介に無駄を省く使い方を教えた。石舟斎はそれに気づいても一言の文句もいわず、咎め立てや再度の訂正もすることがなかった。石舟斎もそこに新次郎の影を見ていた。石舟斎と新次郎は、兵介を媒介として、お互いの業《わざ》を見極め、お互いの隙を見定めようとしているかに見えた。兵介の躰が二人の立合いの場だったとも云える。

慶長五年関ケ原合戦の際、又右衛門宗矩は家康から直々《じきじき》柳生の庄の地侍たちを組織し、徳川の尖兵として石田方西軍を攪乱《かくらん》すべしとの命を受けて勇躍帰郷したが、石舟斎はうかつに家康の口車に乗って兵を起せば、石田方の大軍によってひとたまりもなく踏《ふ》み躙《にじ》られることを察し、断乎《だんこ》として拒否した。それに三成の侍大将島左近は、石舟斎の永年の友でもあった。宗矩は面目を失って僅かばかりの手兵を集めて戦闘に参加したが、華々しい手柄を立てることなく終戦を迎えた。それでも宗矩は柳生の旧領二千石を新たに与えられている。家康が柳生石舟斎の名に宣伝価値を認めた結果ではないかと思う。

柳生家の逼塞《ひっそく》時代はここに終りを告げた。功労者はいわずと知れた宗矩である。石舟斎の判断通りに動いていれば、逆に新たな弾圧を受けたかも知れないのだ。

新たに自分用に千石を頂戴して、秀忠の側近になった宗矩の最大の不満は、上泉伊勢守から石舟斎が貰いうけた、一国一人の新陰流の道統が、自分にではなく、甥の兵介に授《さず》けられたことだった。確かに宗矩は兵介ほど長期間石舟斎手ずからの教えは受けていない。柳生以外の土地に立身の道を求め、若年の頃から諸国を流れ歩いていたからである。だがそれも結局は柳生家のためではないか。旧領を恢復《かいふく》出来たのは誰のお蔭か。宗矩はそう云いたかったに違いない。だがさすがの宗矩も石舟斎に苦情を云う勇気はなかった。

慶長十年六月吉日、兵庫助利厳《としよし》と名を改めた兵介は、二十三歳にして石舟斎の手から一国一人一子相伝の新陰流の印可を受け、その道統を継ぐただ一人の男となった。

翌慶長十一年の元旦早朝。

当時五十五歳の新次郎は、七十歳に近いがまだ壮者のように頑健な利平と共に、いつものように柳生の庄内を歩き廻るために出かけて行った。

山間の村は雪に埋れ、寒気は例年になく厳しかったが、この二人の老人には全くこたえる様子もない。永年にわたって鍛え抜いた躰はまるで岩石同様だった。誰が岩石に向って寒暖を問うだろうか。

村はずれまで来た時、新次郎の足が自然にとまった。利平が怪訝《けげん》そうに見た。眼に入る限り白一色の風景しかなかった。動くものは何一つない。

「八人」

新次郎が呟くように云った。

「いずれも一流の剣だ」

この頃、新次郎が観法の修行に身を入れていることを、利平だけは知っている。こればかりは利平にもついてゆける境ではなかった。

「近づいて来る。わしらの歩き癖を心得ているようだ」

利平は首を振った。容易には信じ難かった。

柳生一族の中で、新次郎一人は落ちこぼれである。道場で一刻を過しても、一度として打合ったことはなく、ひきはだ竹刀を握ったことさえない。壁のしみのような存在だった。特に近年は、壁を背にして眠っているとしか見えない。よくあれでお師匠さまは黙っていられる。門人一同、そう云い合っていることを利平は知っていた。そんな新次郎を狙う者がいるとは思えなかった。

「さて、どうしたものかな」

他人事《ひとごと》のように新次郎が云った。

「逃げるのも面白くないな。どうだ。やって見るかね、利平」

「やる、って……」

利平は不思議な物を見るように新次郎を見た。

「あのことですか」

「久し振りに戦って見るか、と云うのさ。刀をくれ、利平」

利平はこの頃、新次郎の供をする時はいつも途方もない長い刀を背に負ってゆく。刃長三尺六寸はあろうという化け物のような大業物《わざもの》である。こんな長刀は常人なら抜くことも出来ない。厚重ねの剛刀《ごうとう》で、目方も並大抵ではなかった。利平にこんな刀が使えるわけがない。新次郎のためだった。

利平はその長刀の下緒《さげお》の紐をほどきながら、

「本気ですか」

と呟《つぶや》いた。三十五年の永い間、独り稽古しかして来なかった新次郎である。まして真剣勝負などするわけがない。新次郎の底知れぬ腕のほどを知っているのは利平だけだが、その利平でさえ真剣勝負となっては自ずと顔色が変って来るのだった。

「着けてくれ」

新次郎が背を向けた。利平がその背に長刀を背負わせ、下緒を前で結んだ。柄の長さをいれれば五尺になんなんとする刀である。腰をやられてから背の縮まったような新次郎が背負うと鐺《こじり》が地べたに触れそうだった。

「ほれ」

新次郎が顎をしゃくった。

確かに八人だった。武者草鞋《わらじ》で厳重に足もとを固め、いずれも深編笠で面態《めんてい》を隠している。その一団が黒々と雪原の上に拡がっていた。

「待たせては悪かろう」

気楽に云うと、ひょこたんひょこたんと歩きだした。いつもより速度が遅いのに利平は気づいた。慣れない長刀のせいかもしれなかった。利平もゆっくり後を追いながら、道具袋の中から棒手裏剣を出して、両手に一本ずつ握った。

「お前はひっこんでいろ。決して手を出すな」

新次郎は背後が見えるかのように云った。

八人の黒い影の足どりが早まり、忽《たちま》ち距離を縮め、素早く半円に新次郎を囲んだ。

「柳生新次郎殿ですな」

中央の男が声を掛けた。この一言で八人が他ならぬ新次郎目当ての刺客であることが明らかになった。新次郎の観法が既に見抜いた通りだった。

「一人ずつか。それとも一斉にかね」

新次郎が穏やかに訊いた。

「どちらでも好きにしなさい」

恐ろしい自信だ、と利平は思ったが、八人には破れかぶれの大言と聞こえたかもしれない。

「立合いではありませんので……」

またしても中央の男が云った。どこかすまなそうな口調だった。次いで奇妙な言葉をつけ加えた。

「元旦のことではありますし……」

「元旦の刺客は手早くすますのが習《なら》わしかね」

新次郎が破顔した。

中央の男は答えず、抜刀《ばっとう》した。同時に他の七人も抜く。

新次郎はゆっくり、八人の剣を見廻し、驚くべきことを云った。

「揃いも揃って無形《むぎょう》の位《くらい》か」

利平は思わず戦慄《せんりつ》した。新次郎の言葉はこの八人の男が新陰流の剣士であることを明らかにしていた。中央の男の丁重《ていちょう》なもの云いの理由もそれで判ったし、元旦ではあるし、という言葉の意味も明らかになった。この男たちは早急に仕事をすませて、道場にかけつけ、恒例の正月の雑煮《ぞうに》を喰わなくてはならないのだ。

「御無礼つかまつる」

又しても中央の男が云い、するすると間合をつめて来た。

かしゃっ。音と共に新次郎の右手の杖に槍の穂が生えた。だがこの連中は先刻承知だったらしく、動揺の様子は見せなかった。

新次郎は左の杖一本で身を支え、右の杖を八人と同じ無形の位に置いた。だが動かない。

いや動けないのだ、と八人の男たちは思ったかも知れない。

新次郎の当面の相手は三人だった。中央の男を含めた残りの五人の内三人はそのうしろに立ち、二人は利平に迫っていった。

前面の三人が同時に間境《まざか》いを越え、斬撃を送って来た。背後に跳《と》ばぬ限り、この斬撃に対応出来るわけがなかった。新次郎の杖は二本しかないのである。

だが新次郎の杖は異常な迅《はや》さを見せた。躰を支えていた杖がはね上り、槍の穂を生やすと同時に左側の男の胸を刺した。新次郎はその杖を支点としてなんと前方に跳んだ。右手の杖が一閃《いっせん》し、真中の男の顔を横一文字に断ち割ると、そのまま右端の者の胸を深々と貫いた。

更にその右の杖で身を支え、左の杖を抜き、それで身を支えながら、元通りに構えた。三人が地に倒れた時は、新次郎は何事もなかったように先程と同じ姿勢で立っていた。残り五人の男たちは身を固くして茫然《ぼうぜん》と立っていた。信じられぬ動きであり迅速さだった。

「どうした、凍りついたか」

嘲《あざけ》るような新次郎の声に、五人は我に返り、改めて新次郎を囲んだ。もう利平にかかろうとする者はいなかった。

五人の剣が同時に上段に上った。これは味方を斬ることを覚悟の上での必殺の斬法だった。新陰流のいわゆる殺人刀《せつにんとう》の窮極の形だった。刺客にのみ許される裏の刀法である。同時に振りおろされる五本の剣を受ける術はどんな剣法にもありはしない。そのような形に追い込まれぬために剣法の技はある。

新次郎は平然と五人にその形を許した。

じりっ。間合が縮まった。新次郎の躰が低く縮まった。五人が必殺の間境いに達するまでに、その躰はほとんど地を這うほどになった。

五人は気にもかけない。これを新次郎の目くらましととったのである。じりっ。五人の足が同時に間境いを越えた。

それは正に一挙動の動きに近かった。

新次郎の術は何人の予測をも超えた。二本の杖を投げ、背に負った刃長三尺六寸の長刀を抜くなり、逆袈裟に一人を斬り上げ、更にその勢いに乗って宙天高く翔《と》んだのである。投げられた杖は正確に二人の胸を貫いていた。更に新次郎の左手は長刀の鞘を杖にしていた。それを支点として跳んだのである。

新次郎が跳べるとは誰一人思ってもいなかった。完全な盲点である。そして飛翔《ひしょう》しながら、新次郎は恐るべき迅さで残る二人の男を唐竹割《からたけわ》りに切り裂いていた。

着地した新次郎は異様な態度をとった。鞘で躰を支えたまま、長刀を木立に向って投槍のように投げようとしたのである。凄まじいまでの気迫だった。

「やめろ！」

木立ちの蔭から声がとび、石舟斎の姿が現れた。その顔は地面の雪よりも白かった。

「その刀はこの木を貫くか」

石舟斎は確かめるように云った。新次郎は黙って頷いた。

「今更、わしを殺すことはあるまい。兵介の新陰流はお前とわしの刀法ではないか」

新次郎は暫く投剣の形を崩さなかった。やがてゆっくりと長刀をおろし、鞘におさめた。

「それもそうですね」

そう新次郎は呟いた。


石舟斎が新次郎に新陰流第二代の道統を譲る印可を与え卒然として去ったのは、この年四月十九日のことだ。享年七十八歳。

新次郎は更に十年を生きて元和二年四月五日、六十五歳で死んだ。

柳生家の系譜を書いた『玉栄拾遺』の新次郎の項目は次の言葉で終っている。

『後年有レ故柳生ヲ辞シ、他邦ニ経歴シ玉フ。元和二丙辰四月五日客中ニ逝去シ玉フ。号二春江宗桂禅定門一』

元和二年は大坂夏の陣の翌年である。平和と安逸がようやく世の中に定着しようとしていた。

その世の中に背を向けるように、ひょこたんひょこたんと果てしない流浪の旅を続けていったであろう新次郎の姿を憶《おも》う。利平はいつまでその新次郎について行っただろうか。

逆風《ぎやくふう》の太刀《たち》

松尾山凄惨

柳生五郎右衛門宗章《むねあき》は生涯その異様な静寂を忘れることが出来なかった。

美濃関ケ原の西南、標高二百九十三メートルの松尾山山頂に五郎右衛門はいた。

慶長五年九月十五日。時刻は午前十一時を廻っている。

この日、朝八時から始った合戦は、延々四時間にわたって行われていた。

この山頂からはその死闘の様が一望の下に見える。凄まじい闘いだった。何千挺の鉄砲が火を吹き、大筒の強力な発射音までする。至るところで肉弾相打《う》つ白兵戦となり、敵味方入り乱れての格闘が行われている。

だが暫く見ているうちに、五郎右衛門は奇妙なことに気付いた。

西軍の軍勢八万五千、東軍七万五千といわれるにもかかわらず、現実に戦闘に参加している西軍の実数は、半ばにも足りぬ三万五千程度しかいないのだ。あとは形勢を窺《うかが》うように鳴りを鎮《ひそ》めている。本来なら互角以上に戦える筈の西軍が追いこめられがちなのはそのためだった。

それでも石田三成・宇喜多秀家・小西行長・大谷吉継の諸隊は、血みどろになりながらもよく戦い、数にまさる東軍と互角の戦況を保っていた。

ここ松尾山に陣した小早川秀秋は西軍に属している。既に共に伏見城を攻め落している。そのくせこの四時間に亘《わた》って味方の激戦をよそ目に、一兵も動かさず、ひたすら観戦につとめて来た。

小早川秀秋、この時十九歳。まだ少年のあどけなさと繊細さを顔に残している。ここ一刻（二時間）あまりずっと床几《しようぎ》に坐り、せわしなく爪を嚙みながら戦況を見ていた。熱でもあるかのように眼が潤んでいる。だが空《うつ》ろだった。

柳生五郎右衛門は側近というより護衛役として、ぴったりその斜め後方に蹲《うずくま》っていた。五郎右衛門は柳生石舟斎宗厳《むねよし》の四男であり、その卓越した剣技を買われて小早川藩に抱えられた男だ。事実、家中で剣をとって彼の右に出る者はいない。そこを見込まれたのだろう、昨夜の雨中の行軍の時から呼ばれ、

「ずっとそばにいてくれ」

秀秋直々に云われていた。実際に身の危険を感じている暗い眼付だった。

〈可哀そうに。もうどうしていいか判らなくなっているんだ〉

秀秋が身の危険を感じているという事自体が、そのことを明かしていた。

それも決して秀秋自身の優柔不断や狐疑逡巡《こぎしゅんじゅん》のせいではない。秀秋の立場の難かしさがそうさせているのだ。

秀秋はもともと豊臣秀吉の正妻北政所《きたのまんどころ》の兄木下家定の子である。北政所に子が出来なかったため、秀吉の猶子《ゆうし》となって北政所に養育された。猶子とは『猶お子の如《な》し』の意で、つまりは養子のことなのだが、姓名は実家のものを名乗っていいというような微妙な差があったらしい。左衛門督《かみ》を称してからは、その唐名《とうみょう》が金吾だったため、金吾と呼ばれた。後に中納言に任ぜられて金吾中納言という。

秀吉は一時は自分の跡を継がせようかというほど可愛がったのだが、実子秀頼が生れてはどう仕様もない。九年前の天正十九年、突如小早川隆景のもとへ養子として出された。

隆景が死ぬと、小早川家の所領、筑前一国と筑後二十二郡、併せて三十五万石を相続したが、この頃から秀吉の眼が漸く厳しくなった。文禄元年と慶長二年、二度にわたって朝鮮に出陣した。特に慶長の役では十六歳の少年とは思えない大胆不敵さで転戦しては勇猛に闘ったのに、逆に秀吉の不興を買い、九州の領地は没収され、越前北の庄十六万石に左遷される結果になった。

この理由が実のところ五郎右衛門にはよく判らない。軽挙妄動というが攻撃は成功しているのだ。そのために全軍の敗北を招いたなどということもない。無闇矢鱈《やたら》にはしゃぎ廻って、遊びでもするように戦ったという節はあるが、それが何故いけないのか。五十歳の武将と十六歳の武将が同じ型で戦えば、五十の者が勝つにきまっている。十六歳の武将は五十歳の武将の思いもかけぬ型で攻撃をかけてこそ、初めて勝つことが出来るのではないか。

この秀吉の譴責《けんせき》は、お前は十六歳ではいけなかったと云っているように見えた。

あるいは国元の人手不足による収穫の大幅な減少と、秀吉の収奪の激しさという非常な無理を押して朝鮮へ派遣したために生じた全軍の不満を抑えるために、秀吉は敢て身内である秀秋を罰してみせたのかもしれない。つまりは一種のみせしめだったのではないか。

五郎右衛門にはそうとしか考えられなかった。

当然秀秋のうけた衝撃は大きい。

強くあれ。勇猛であれ。生れた時からそう教えこまれ、その通りやって来て罰を蒙《こうむ》るとしたら、今後どう動けばいいか迷うのはむしろ当然ではないか。十六歳の少年にこの減封《げんぽう》は不当の処置としてしか受けとめることは出来なかった筈だ。

秀秋の抗議釈明は一切容《い》れられず、不安のうちに北国へ、秀秋自身の感覚からいえばさいはての国へ送られるのを救ってくれたのは秀吉の死であり、それに継ぐ徳川家康の決定だった。家康以外の誰一人、この非常の時に少年の処遇など考える暇を持たなかったのである。その意味からいうなら、現在十九歳のこの少年にとって唯一の恩人は、家康しかないということになる。豊臣家は身内だというだけで、武将として、男としての運は徳川家によって与えられた。それが現在の秀秋の立場だった。

秀秋の正直な気持は徳川方東軍に味方することである。だが開戦当時大坂にいたのが不運だった。石田方につかなければ包囲攻撃を受け、全滅させられるにきまっていたからだ。だからとりあえず西軍について伏見城を攻めながら、一方で東海道を下向中の家康のもとに使者を送って謝罪にこれつとめた。

小早川家の重臣平岡頼勝と稲葉正成（後の春日局の夫である）の二人がこの手配をした。特に稲葉正成は、自分の子が家康の近臣として仕えていたし、正成自身も東軍についた黒田長政、家康の腹心村越茂助などと親しかった。この二人の重臣にとって秀秋の気持などはどうでもいいのだ。小早川家の方が大事だった。だから敢てぎりぎりの時点まで待って突如西軍を裏切れ、という家康の無理な注文を易々《やすやす》として引き受けてしまった。秀秋にはしらせていないが黒田長政のもとに証人（人質）まで送っているし、黒田家の家臣大久保猪之助が万一の場合に備えて秀秋の本陣に送りこまれてもいた。つまり裏切りについて万全の態勢がとられていたわけだ。

ところが昨夜になって、石田三成から書面が届いた。これがなんと、石田三成・大谷吉継・小西行長・安国寺恵瓊《えけい》・長束《なつか》正家の連署で、秀頼が十五歳になるまで秀秋を関白にする、という途方もない条件をつけて、固く西軍との約を守って貰いたいというものだった。『関白』という一字が秀秋を狂わせたといっていい。『関白』はこの当時、武人に賜《あたえ》られうる最高位だ。現代でいえば首相の地位を賜《あたえ》られたに等しい。現代の代議士が一度は首相の地位に立ってみたいと夢見ると同様に、当時の武将は生涯に一度は秀吉のように関白の座について見たいと思っていた筈である。

十九歳の少年が狂うのはむしろ当然ではないか。

そこからこの松尾山の静寂が生れた。

平岡・稲葉の老臣がどれほど力を持っていようと、合戦の場で兵士たちが見つめるのは殿様である。総大将の采配である。たとえ十九歳の少年の握るものだろうと、その采配に絶対の力がある。『いくさ人』はそう叩きこまれて来たし、今更その習慣を破ることは出来ない。秀秋が死なない以上、平岡と稲葉もこの采配を握ることは出来ない。この一点だけは秀秋の自由なのだ。采配が東に振られれば東を攻め、西に振られれば西を攻める。小早川隊一万五千六百の兵が、それを承知し、それを待っている。

この乱戦の中で、手つかずの一万五千六百の兵力がどれほどの力を持つか、それこそその関ケ原にいる者なら誰でも知っている。現在が伯仲状態なのだから、秀秋の采配を振られた方が当然大きく崩れることになる。天下分け目といわれた関ケ原合戦の勝敗を分ける力は、今、秀秋の采配にあずけられているわけだ。

黒田長政の家人《けにん》大久保猪之助は家老平岡頼勝の鎧《よろい》の草摺《くさずり》をつかみ、じわじわと秀秋に近よっていた。万一秀秋が西軍につくときめた時は即座に殺す気構えでいる。

柳生五郎右衛門はとうに大久保の殺気に気付いていた。大刀を引きつけていつでも抜き討てる態勢にある。五郎右衛門の不安はむしろ逆の場合だ。この軍勢の中に必ずや石田方から放たれた密偵がいる筈である。采配が西に振られた場合、それらの密偵は即座に刺客に変る筈だった。五郎右衛門の注意は七割方そちらの方へ向けられている。

不意に轟音が聞こえた。

五郎右衛門は秀秋と共に頭をめぐらせて見た。

どんよりとたれこめた黒い空に、一筋の白煙が上り、ゆらゆらとたなびいた。狼煙《のろし》である。場所は石田三成隊の本陣笹尾山だった。これは小早川隊と同時に、南宮山にいる毛利秀元・吉川《きっかわ》広家隊への攻撃参加を促《うなが》したものだ。

時機《とき》が来た。去就《きよしゅう》を決する最後の時機である。

五郎右衛門は思わず秀秋を見た。

視線を感じたのか、秀秋も五郎右衛門を振り返った。二人の眼がかちりと合った。

〈好きなようになされ〉

五郎右衛門は心の中で呟いた。

〈誰のことも考え召さるな。己れ一人の好きになされ〉

不意に秀秋がにっと笑った。十九歳らしい茶目っ気がちらりと洩れた。

〈そうそう。それでいいんです〉

五郎右衛門の胸に熱いものがこみ上げて来た。実のところ五郎右衛門は平岡・稲葉の両家老が嫌いだった。大名家の家老としては当然のことかもしれないが、あまりにも露骨に秀秋より藩大切の態度を見せつけすぎる。秀吉の甥など主君に押しつけられていい迷惑だ、という感じなのだ。朝鮮でいい加減迷惑しているし、一度は減封の憂き目まで見ているのを忘れたか。今は黙って自分たちのいうままに動いていただく。はっきりそういう態度を示している。

五郎右衛門は弟の又右衛門宗矩《むねのり》とは対照的なまでに直情径行の男である。それは剣技の上にまで現れていて、柳生新陰流の本筋である活人刀よりむしろ古形の殺人刀《せつにんとう》の方を好む。活人刀とは敵に充分に技を出させ、その裏をとって勝つ剣であり、殺人刀とは敵に技を出す余地を与えず、こちらから積極的に打って出て勝ちをおさめる剣だ。もっとも新陰流にいう殺人刀はそれほど単純ではない。これは本来敵が守勢に廻って技を仕掛けて来ない場合の剣だ。わざとこちらから激しく仕掛け、敵がそれに乗じてこちらの裏をとろうとするところを、更にその裏をとって勝つという剣だ。五郎右衛門の殺人刀にはそれだけのねばりがあることになるが、何より果敢に打って出るのが彼の性格に合っていた。

十九歳の少年を何だと思っているんだ。

五郎右衛門の腹の底には、火のように燃えるものがある。幼年が少年期への過渡期ではなく、それ自身完結し充足した一つの時期であるように、少年は青年期或るいは成年期への単なる過渡期ではない。それだけで完結した一つの世界なのだ。少年には少年の熟成があり、円熟した少年期というものが確かにある。少年期に自殺が多いのは、充足した少年期を送った者が青年期に入ることを躊《ため》らうからであり、これを忌避《きひ》するからなのだ。

本人にとっては美しく充足した秀秋の大事な少年期をめちゃめちゃに破壊したのは薄汚れた大人の秀吉であり、その仕上げをしようとしているのがこの家老たちだった。五郎右衛門は理屈としてでなく実感としてそれを知っている。そして反撥していた。

「殿！」

稲葉がせきこんだ声をあげた。

動くなら今だ。家康について西軍を攻めるなら、今なのである。今、小早川勢が動けば、西軍側としては自分たちの狼煙を見てのことと思い、当然東軍を討つものと思うだろう。それが西軍自身に向って来たと知った時の驚愕ぶりは大きい筈である。それこそ乗ずべき隙であり、合戦の好機なのだ。

その好機がみすみす去ってゆこうとしている。

狼煙がようやく消えようとしているのに、秀秋はぴくりとも動かないのである。

「おのれ！」

大久保猪之助はこの時を見届けるために黒田長政から送りこまれた男である。秀秋の不動を東軍への反逆ととった。いきなり大刀を抜き放って秀秋に駆けよろうとした。

「推参」

五郎右衛門は一言のもとに抜き討ちに斬った。大久保は声もあげず倒れた。但し五郎右衛門が斬ったのは峯打ちだった。大久保は首筋を強打されて失神したのである。この肝心の時に、東軍の軍《いくさ》目付を斬るほど五郎右衛門は不覚悟ではない。とにかくまだ決定は下されていないのだ。

秀秋がすっくと立った。

平岡・稲葉両家老が息を呑んだ。蒼白である。五郎右衛門の態度から見て、秀秋の西軍肩入れを確実と見たのだ。今までの工作はすべて無駄に終った。家康公がこの十九の小僧にしてやられたのである。東軍はこの新手を迎えて一気に崩れるだろう。家康は敗れ、豊臣の世が続くことになる。

秀秋の采配が今まさに動こうとした。

その瞬間である。銃声が湧いた。同時に松尾山本陣に鉄砲玉が飛んで来た。

五郎右衛門は身をもって秀秋をかばいながら、楯の蔭に入れ、自分は立って情況を見た。

鉄砲を撃ちこんで来たのは徳川勢だった。三十人ほどの鉄砲足軽が陣地を離れ、松尾山近くに方陣を張って、切れ目なく発砲を繰り返していた。これは家康の鉄砲頭布施孫兵衛と福島正則の鉄砲頭堀田勘右衛門の率いる鉄砲隊の一部だったという。秀秋の逡巡に堪忍袋の緒を切らした家康がとった強行策である。同時に恫喝《どうかつ》でもあった。

秀秋が五郎右衛門と並んで、この鉄砲隊を見ている。意外に落着いていた。

「家康殿ご催促か」

はっ、と声をあげて嘲笑って見せた。

「知っているか、五郎右衛門。今頃あの爺さま夢中になって爪を喰ってるぞ。俺と同じ癖なんだよ」

憑《つ》かれたような話し方だった。

「もう何本分喰ったかなあ。気が小さいんだよ、あの人は」

「殿!」

稲葉正成が叫んだ。血相が変っている。

「殿は小早川家を潰すおつもりか」

「うるさいな。俺の藩だ。俺が潰して何が悪い。そうだろ、五郎右衛門」

「勿論です」

柳生五郎右衛門はこの一言のために後に仕官の途を鎖《とざ》されることになるのだが、この時は全く気付いていない。また気づいていても敢て云ったかもしれぬ。

「殿の一生の大事。悔《く》いを残されるな」

「関白になりたい」

はっきりいった。

「俺が関白になるなんて、あははは」

天を仰いで笑った。からっとした、いかにも少年らしい良い笑いだった。秀秋はやっと本来の自分を取り戻したかに見えた。

「おかしいな、ははは。俺が関白さまになれると思うか、はははは」

笑いがとまらなくなっている。真実おかしくておかしくて仕方がないのだ。

「いくらなんだって無茶苦茶すぎるよなあ。関白なんて三日もやったら放り出されるさ。殺されるかもしれないな。治部《じぶ》のやることとなんて大方そんなとこだ」

治部とは石田治部少輔三成のことだ。朝鮮の合戦で三成は軍監として依怙《えこ》の沙汰が多く、更に出征軍の故国を苛斂誅求《かれんちゅうきゅう》で苦しめたため蛇蝎《だかつ》のように嫌われていた。秀秋とて例外ではない。

また一斉射撃が起った。鉄砲隊が数を増したようだった。

「くそ親爺」

東軍の方を見て秀秋が喚いた。

「でもあのくそ親爺は、嘘はいわないよ。爪も喰うしね」

またおかしそうに笑った。

「三方ケ原のいくさじゃ、こわくて馬上で糞をひったんだって。俺にそういったよ。驚いたね。何が海道一の弓取りだ」

この饒舌は何だ、と五郎右衛門は思う。気の昂《たか》ぶり以外の何物でもない筈だ。その証拠に次第に喋り方が早くなっている。

「殿！」

平岡と稲葉が喚く。

〈放っておいたらどうだ。尻を叩くんじゃない。この子にとっては正念場なんだ〉

いっそぶった斬ってやろうかとさえ、五郎右衛門は思った。その気持を感じとったかのように、秀秋が五郎右衛門の肩に手を置いた。

「話相手になってくれて有難う。じゃあ、行くかね。くそ親爺を助けてやろう。また糞をひらせちゃ可哀想だ」

うふっ。思わず五郎右衛門は笑ってしまった。こりゃあいい。これでこの子も立ち直った。

秀秋がぱらりと采配を振った。はっきりと西北を指す。

「刑部《ぎょうぶ》の陣を撃て！」

全山を埋めた旗差物が揺れた。一斉に鬨《とき》の声が挙り、松尾山が鳴動したかの如く動き出した。

六百の鉄砲が一斉に火を吹き、大谷刑部吉継の隊に撃ちこまれ、小早川隊は刀槍をきらめかせながら、雪崩のように山をかけ降りた。秀秋も馬を駆り、五郎右衛門も槍を握ってその横を走っていた。

時刻はようやく午《うま》の刻を廻ろうとしていた。空はいよいよ黒さを増し、雨雲が大きく拡がりを増していた。

飯山城最期

吹雪だった。

慶長八年十一月十五日の朝はまだ暗い。

伯耆国《ほうきのくに》米子の飯山城には三百の兵が立て籠り、夜を徹して篝火《かがりび》を焚いて警戒を絶やさなかった。

柳生五郎右衛門は焚火のそばから身を起した。具足をつけ、大身の槍を握ったまま眠りこけていた。寝の足りた顔に当る吹雪が気持よかった。腕をあげて大あくびしながら、三年前の関ケ原もここと同じ暗さで、同じくらい寒かったことを思い出した。

〈晴れ上った空の下で戦ったのは、朝鮮でだけか〉

なんとなく因縁めいたものを感じて、おかしかった。

関ケ原合戦は小早川秀秋の裏切りによって、東軍の大勝に終った。秀秋は正しくこの合戦随一の大手柄をたてたことになる。家康から筑前の国を転じて備前美作両国において五十一万石を貰ったのも当然だった。

だが秀秋はやはり最後まで少年である宿運だったのだろう。僅か二年後の慶長七年十月十八日、岡山城で死んだ。二十一歳である。

子供がいなかったために小早川家は断絶となり、五十一万石は公収された。

「俺の藩だ。俺が潰して何が悪い」

松尾山で秀秋が怒鳴った通りになったわけだ。

〈殿もご満足だろう〉

お蔭で再度浪々の身になった五郎右衛門だが、いっそさばさばして心の中は爽やかだった。

その五郎右衛門が米子の城へ来たのは、米子藩主中村忠一の筆頭家老横田内膳村詮《むらのり》が自分の古い弟子だったためだ。内膳は主君忠一に五郎右衛門を推挙して召し抱えを願うつもりだったが、急にそれがかなわなくなった。殿様との仲がおかしくなって来たためだ。

中村忠一は中村式部少輔一氏《かずうじ》の子で、まだ十四歳の少年だった。父の一氏は豊臣家三中老の一人に撰ばれたほどの器量人で、もともと駿河を領国としていた。横田内膳はその頃からの家臣であり、初めて駿河一国の完全な検地帖を作って名をあげた治世の功臣である。六千石の大禄を喰《は》み一氏の妹を妻にし、米子へ移ってからも良港を持つ町人町として商業を発展させることに功があった。幕閣にまでその才を認められた家老である。

主君忠一の叔父に当ることでもあり、若すぎる主君に歯に衣《きぬ》着せず意見をいう内膳を忠一が煙たがったのは当然だろうが、十四歳の少年が殺すほど憎む相手ではなかった。誰かが裏にいて、少年の心を殺意にまで誘導したに違いなかったし、それが町人町米子の異常な発展によるひずみだったことも間違いない。藩の重職となり、大町人と結託すれば容易に巨富を積むことが出来たからだ。

十一月十四日は三年前に中村家の伯耆移封が決まった祝日だった。家中の者ことごとく城に登って祝う慣《ならわ》しだった。

内膳も登城し、そのまま帰らなかった。城中で謀殺されたのである。

その子主馬助《しゅめのすけ》（弟という説もある）は内膳の館だった飯山城に三百人の家臣と共に籠り、主君に楯つくことになった。

この当時の歴史を見ると各地で同様の事件が起っている。若い苦労知らずの二代目主君が、初代藩主と苦労を共にした古い家臣を邪魔にしこれを排除しようとして戦いになる。いずれも旧臣側が一族一党と共に屋敷に籠り、昨日までの同輩に囲まれ、これと闘って全滅している。一つの時代の大きな変り目だったのかもしれない。

いずれにしても主馬助はじめ横田一族の命運は既に絶えたと同様だった。

主馬助は父の師であり、客人でもある五郎右衛門に速やかな退去を乞うた。ここにいれば万に一つも生きのびられる筈がなかった。中村忠一は今頃になって事の成行に恐慌を来たし、なんと隣藩の出雲富田《とんだ》城主堀尾吉晴に援兵を頼んだのだ。堀尾吉晴は半ば呆れながらも、忠一の父一氏との親交に応えるため五百三十人の軍兵を派遣してくれた。米子の藩兵は二千余人。併せれば三千人を越す人数が飯山城を囲んだことになる。城兵の十倍だった。

五郎右衛門は笑った。

「浪々の身に惓《あ》き申した。ここらで終れれば誠に有難い」

実感だった。関ケ原での秀秋の放言に対して賛意を示した五郎右衛門は両家老の目の敵にされ、浪々後は彼等の流した噂のためにどこでも召し抱えを拒否されて来たのだ。五郎右衛門ほどの腕なら、どの城下町でも道場を開き、柳生新陰流の看板を掲げることは出来たが、五郎右衛門にはその才覚もない。厄介なだけだった。華々しく戦って討死することが出来れば本望というべきだった。

それにみすみす一族全滅を覚悟した、愛弟子の息子を見捨ててゆくことは五郎右衛門には出来ない。『恥じを知る者』というのが当時の武士の心底にある言葉だった。五郎右衛門はその言葉に従って、死を覚悟したのである。

五郎右衛門は従者を一人つれていた。柳生の庄に育った森地五郎八である。五郎八もまた『恥じを知る者』だった。主と共に踏みとどまって討死の覚悟をきめた。

その五郎八がどこからかそっと現れ、五郎右衛門に囁いた。

「そろそろのようです」

「そうか」

五郎右衛門は武者草鞋《わらじ》の紐を結び直しながらもう一度空を仰いだ。吹雪は前よりも勢いを増して来たように思えた。

自分が妙に少年に縁のあることに気づいて五郎右衛門は苦く笑った。

「秀秋さまに忠一さまか」

「何と申されました？」

「独り言だ」

五郎右衛門は雪の中に秀秋と忠一の顔を並べて見た。

どちらも少年だった。そしてどちらも、

「俺の藩を俺が潰して何が悪い」

そう云っているように思えた。

事実、中村忠一も六年後の慶長十四年五月十一日に頓死し、秀秋同様子がなかったために米子藩は潰れ十七万五千石は公収されている。この横田内膳親子を殺したことが痛く家康を怒らせ、参勤交代で江戸に上った時も品川の宿でとめられ、江戸へ入ることを許されなかったと新井白石の『藩翰譜』にある。忠一は狂死したという説もあり、『徳川実紀』には、

『この家絶たるは子なきのみにはあらざるべし』

とまで書かれてある。

もっともこんなことは五郎右衛門の知ったことではなかった。

突然、夥《おびただ》しい鉄砲の一斉射撃の音が轟き、いきなり弾丸が飛んで来た。館の門は既に壊されたらしい。

五郎右衛門は焚火にざぶりと手桶の水をかけると、

「松尾山によく似ているな」

また独り言をいって、槍を抱えて飛び出していった。

森地五郎八はその主の後を追いながら思わず身震いしていた。何年も仕《つか》え、主人のことは隅から隅まで知っている筈のこの男が、今日の五郎右衛門にいまだかつて見たことのない姿を見ていた。それは戦いの鬼だった。この世のすべてを絶ち切ったために、戦うことしか脳裏になくなってしまった魔物だった。五郎八は寄手側の死者の数が莫大なものに上

ることを予見した。

五郎八の予見通りだった。

米子藩兵はこんな凄まじい闘いを初めて味わった。十倍の数を誇る藩兵の方が、魂をとばして逃げ廻らねばならなかったのである。それも柳生五郎右衛門を先頭とするたかが一握りの戦闘集団のためだった。

横殴りの吹雪がいけなかった。とにかく相手の姿を正確に捕捉することが出来ないのである。真白な白昼の闇の中から、突如として長槍が繰り出され、あっという間に殺戮《さつりく》に巻き込まれている。至近距離で闘えば必ず殺されるのである。捕捉出来ないから弓矢、鉄砲で撃ち倒すことも出来ない。かかっては逃げ、かかっては逃げることになるのだから、相手には息を継ぐ暇を与え、こちらは死骸の数を増やすばかりだった。

朝のうちに終る筈の戦いが、午近くまでかかってまだ終るどころか、飯山城の中へつき進むことも出来ない始末である。

たった一つ、寄手にとって倖いなことに、さしもの猛吹雪が熄《や》み、薄日さえ洩れはじめたことだ。

〈これならなんとかなる〉

寄手は安堵の息をつき、横田方は、

〈遂に終るか〉

最期の確固《かくご》を決めた。

銃撃戦が再び始った。

「一発の弾丸も残すな。一本の矢も残すな」

横田主馬助は眦《まなじり》を決して叫び、城方は文字通り最後の一発まで撃ちつくした上で、全軍突撃に出た。

五郎右衛門は突撃の前に放胆にも屋根に登り、寄手の陣構えを見渡した。意外に近くに本陣が見え、馬に乗った少年の姿が見えた。藩主の忠一である。援軍の堀尾勢の手前もあって、藩主自身出馬せざるをえなかったのだ。

五郎右衛門はにこりと笑うと屋根を降り、馬に乗った。五郎八に一声かけると真先に城門をとび出した。恐ろしい迅《はや》さで疾走する馬上で槍を振り廻し、どこまでも突っこんだ。敵陣が二つに割れたように見え、その割れ目に五郎八と横田勢の生き残りたちが一団となってつっこんだ。収拾のつかない混乱が起った。寄手ももう鉄砲は使えない。撃てば味方を殺すことになる。積った雪を蹴立てての白兵戦になった。

五郎右衛門の馬が槍を受けて倒れた。五郎右衛門は槍を捨て、大刀を抜いた。左八双に構えると叫んだ。

「柳生新陰流逆風の太刀」

再び疾走を開始した。一人斬り二人斬った。左構えから右袈裟に斬り、次に右逆車にとった太刀で左袈裟に斬る。この繰り返しだった。鎧武者たちが鮮血を撒き散らしながら巻藁《まきわら》のように斬り殺されてゆく光景は、信じられぬ恐ろしさだった。

五郎右衛門はなんと十八人の鎧武者を斬ったと柳生流の伝書は書いている。まさに戦鬼であり、魔神だった。

いつか本陣に突入していた。忠一の凍ったような顔がすぐ近くにあった。

「忠一殿、見参」

殺到した。割って入った側近二人は忽《たちま》ち斬り倒された。忠一は馬に乗ろうとしていた。斬れば斬れる間合だった。十四歳の痩せた尻が馬にかぶさるようにして眼前にある。五郎右衛門はその尻を浅く斬った。忠一が女のような悲鳴をあげた。同時に一斉射撃の銃声が起った。

〈子供は斬れないなあ〉

五郎右衛門はにやっと笑うと弾丸に蜂の巣のようにされながら倒れた。

心《しん》の一方《いっぽう》

〈眼を見てはいけないんだ〉

柳生十兵衛三厳《みつよし》は胸の中で厳しく己れに云った。試合が始って、もう何度目かの自戒だった。眼は相手の帯のあたりにじっとそそいでいなければならぬ。相手の眼を見たら、その時が自分の最期である。

今日の相手は並の人間ではない。二階堂平法の正統を継ぐ松山主水《もんど》大吉だった。二階堂平法は鎌倉時代政所《まんどころ》の執事だった二階堂山城守行政の子出羽守行村が、念阿弥慈恩に学んで一派を開いた剣法である。大吉の祖父松山主水がこの流の伝を得、大成させたのだが、大吉の代に至って奇怪な術が加わった。『心《しん》の一方《いっぽう》』と呼ばれる居すくみの術だ。

それはまるで鬼道の術だった。大吉と闘うべく向い合った者は、一瞬にすくんで身動きがかなわなくなるのだ。動けなくなった者を斬るのは幼児にも出来るだろう。こうして夥しい兵法者が無残に斬られ、やがてこの鬼道の噂が高くなるにつれて、勝負を挑むものがいなくなった。『心の一方』は避けも躱《かわ》しもならぬ魔剣として忌《い》み嫌われるようになったのである。

大吉は肥後細川藩の剣法指南役として、他者をよせつけぬ安泰を楽しんでいた。そこへ諸国修行中と称する柳生十兵衛が忽然《こつぜん》と現れ、真剣試合を我から挑んだ。寛永十二年九月半ばのことである。

〈この男、正気か〉

細川藩の家臣たちは先ずそう思った。大吉相手に真剣試合とは自殺に等しい。木刀の試合でも一流の剣客なら相手を殺すことが出来るが、大方は控えて撃つから、一時の怪我ですむ。だが真剣となれば手控えはしない。確実に殺される。

この当時、柳生十兵衛の剣名は一般にはそれほど高くはない。将軍家の剣法指南役としての柳生宗矩《むねのり》の名を知る者はいても、十兵衛三厳の名など聞いたことがないのが大方である。幼時から将軍家光の相手をさせられていたが、寛永三年十九歳の時、家光の忌諱《きい》に触れ、一時小田原に蟄居《ちつきよ》、後に柳生に帰り、寛永九年から廻国修行の旅に上った。この年二十九歳の一介の兵法者を九州熊本の人々が知るわけがない。だから放っておいて、さっさと斬られてしまうのを見ていてもいいのである。そう出来ないのはこの男の父宗矩が惣目付の要職にあるためだった。

総目付は後の大目付であり、大名の監察を職とする。大名の生殺与奪の権を握る、恐るべき存在である。いかに仕掛けられた試合とはいえ、その伜を殺しては厄介だった。だから藩庁としては容易にこの試合の許可を下すことが出来なかった。

実のところ十兵衛の狙いは正にそこにあった。彼が廻国修行に出たのは、宗矩が惣目付になると同時だった。つまりは宗矩の命による西国諸藩の実状調査が目的である。といって十兵衛に隠密役が出来るわけがない。それは、ついている従者二人の役だった。この二人は柳生の門弟であると同時に練達の伊賀忍びだったのである。十兵衛が修行のため高名な剣客に試合を挑む。必ず藩庁に願いを届けるから、若干の時日、その土地に滞在することになる。その間この二人が忙しく働くわけだ。十兵衛はいわば傀儡《かいらい》の役だ。せいぜい派手に振舞って、土地の人々の眼を自分に集めておけばいい。そして試合が終ると、その土地を去る。ある意味で楽なものだった。

剣技の上では些《いささ》かの不安も感じなかった。六年間の柳生住いで、祖父石舟斎の薫陶を受けた故老から、十分に新陰流の秘儀を授けられている。天稟《てんぴん》もあった。年齢からいっても正に心・技・体の一致した充実の時にあった。誰と闘っても負ける気がしなかったし、事実負けなかった。

〈柳生十兵衛、恐るべし〉

その噂は西国の兵法者の間に電光のように拡っていった。

その十兵衛でさえ、松山主水大吉との闘いだけはいやだった。鬼道などという、わけの判らぬもの相手に生命を賭けたくはなかった。だが隠密として肥後細川五十四万石の査察を抜きにするわけにはゆかない。

十兵衛は従者である伊賀者に『心の一方』について訊ねた。忍びの術も鬼道に通じている。催眠の術ではないかというのが伊賀者の答えだった。一瞬その眼を見ただけで、すとんと眠りに落す忍びがいたという。現代でいう瞬間催眠術であろう。これに対抗する法は眼を見ないこと、相手の集中力をかき乱すことの二つだという。この術には凄まじいまでの集中力が必要だった。思い切って敵の意表を衝けば、この集中力を破ることが出来るかもしれない。

熊本に来た十兵衛が大吉に真剣試合を申し込んだのは、この伊賀者の言に従ったものだ。第一にそれは細川藩を困惑させ、貴重な時を稼がせてくれた。第二にこの試合の時になって、十兵衛は敢て真剣を抜かず、一本の藤の杖をもって立合ったのである。

杖の長さは四尺（一二一センチ）、太さは一・五センチ、黒褐色の漆仕上げで、柄の部分には南天模様が施され、杖の先には金具がかぶせられていた。やや太目だが何の変哲もない杖である。

予想通りこの作戦は松山主水大吉を当惑させた。立合に僅かながら逡巡の色を見せた。たとえ思い上りにせよ、藤杖で立合って来る者を斬るべきか、どうか。しかも相手は公儀惣目付の子である。簡単に斬っていい兵法者ではない。しかも尋常の腕ではなかった。大吉はこの男が西国の道場という道場を席捲して九州に来たことを知っている。現に今も、断乎として自分の眼を見ようとしない。帯のあたりに眼をつけたまま、ゆったりと立っている。『心の一方』に対する一応の心得は持っている証左だった。

唯《ただ》、奇妙なことにこの男は攻撃を仕掛けて来ない。本来、新陰流は攻撃の剣である。突進し、斬撃につぐ斬撃によって敵を圧倒し去る剣の筈だ。それが全く動こうとしない。奇妙だった。

〈わしの眼を見るのを恐れて、動けないのだ〉

そう考えるしかなかった。愚かといえた。大吉の『心の一方』は催眠の術も含まれてはいるが、それのみの単純なものではない。俗に『遠当て』といわれる気合術も兼ねていたし、信じられぬほどの太刀ゆきの速さも加算されている。この三者が一体となった時、はじめて『心の一方』は完成する。

〈斬ろう〉

大吉はそう覚悟をきめると、気を丹田に集めた。『遠当て』の術のためだ。この気合術で少なくとも相手の気を挫《くじ》く。衝撃をうけた相手は、必ずといっていいほど大吉の眼を見てしまう。眼を見まいとしている者ほど、反射的に見る。そこへ強力な催眠の術をあびせかけ、同時に近づくともなく近づいて、素早い斬撃を送るのである。あとにどれほどの厄介事が待っていようと、知ったことではなかった。これは真剣試合だった。殺すか殺されるかの勝負である。相手はそれを承知の上で、敢て藤杖で挑んで来ているのだ。動揺は無用であり、危険だった。

「かーっ」

低いが、全身を戦慄させる凄まじい気合が、大吉の丹田から発せられた。それは重量を持つ衝撃波のように十兵衛を襲った。

十兵衛はこの気合を予想していた。だから柳のように柔かく衝撃をそらした。同時に吸いこまれるように、すらすらと前に進んだ。まるで反動のようだ。

眼はしっかりと閉じられている。

直観で一足一刀の間境《まざか》いを越えたことを知り、藤杖を上に振った。杖は大吉の電光の速さで振りおろした剣と交叉した。剣は藤杖を斬り、十兵衛を斬る筈だった。だが現実にはその杖は大吉の剣を折り、大吉の右の拳を砕いた。

三本の鍛えあげた鋼鉄を束ね、隙間に和紙をつめ、藤で巻いた恐るべき杖が『心の一方』を破った。十兵衛は後年これを『十兵衛杖』と名付け愛用したという。

初出誌

①　柳生刺客状　「オール読物」1986年8月号
②　慶安御前試合　「オール読物」1987年3月号
③　柳枝の剣　「歴史読本」1987年6月特別増刊号
④　ぼうふらの剣　「歴史読本」1987年12月特別増刊号
⑤　柳生の鬼　「週刊小説」1988年2月19日号
⑥　跛行の剣　「週刊小説」1988年7月22日号
⑦　逆風の太刀　「週刊小説」1988年11月11日号
⑧　心の一方　「毎日新聞」1988年1月8日

なお、②〜⑦は『柳生非情剣』（講談社刊）、①は『柳生刺客状』（講談社刊）、⑧は『異色時代短編傑作大全』（講談社刊）にそれぞれ収録されているものです。

解説

末國善己

剣豪小説の歴史は、柳生新陰流をどのように描くかで発展したといっても過言ではない。人を活かす「活人剣」や剣と禅を融合した「剣禅一如」を唱え、精神修養としての剣を目指した柳生新陰流は、徳川将軍家の剣法指南役に選ばれたこともあって、多くの剣豪が目標とする流派とされてきた。その柳生家を、幕府の汚れ仕事を引き受ける隠密集団として描いたのが、五味康祐『柳生武芸帳』である。津本陽『柳生兵庫助』、鳥羽亮『覇剣』、多田容子『柳生双剣士』などは、著者が剣道の有段者だけに柳生の哲学や剣士の動きをリアルに再現していたし、『柳生武芸帳』を思わせる奇想に満ちた荒山徹『柳生百合剣』『柳生大戦争』は、柳生新陰流を通して日本と朝鮮の秘史に迫る伝奇小説となっていた。

そして還暦を過ぎて遅すぎる小説家デビューをし、わずか五年という短い活動期間の中で、歴史時代小説を革新する数多くの名作を残した隆慶一郎も、柳生家を題材にした剣豪小説の名作を世に送り出した一人である。

本書『隆慶一郎短篇全集 1』は、『影武者徳川家康』『捨て童子・松平忠輝』といった代表的な長編に、主人公を暗殺するために謀略をめぐらす敵役として登場していた柳生家を主役に据え、正面から描いた柳生ものの短篇八作を収録している。

本書の収録作は、「オール讀物」「歴史読本」「週刊小説」「毎日新聞」に断続的に発表されたものだが、全体を通して読むと最初から連作として書かれたのでは、と思えるほど一本筋が通っていることに驚かされるのではないか。ここからは、著者が確固たる世界観、歴史観を持って作品を書いていた事実もうかがえるのである。

もう一つ忘れてならないのは、本書で描かれる多彩なチャンバラである。アクロバティックなアクションで読ませる柴田錬三郎、剣の型や構えにこだわりながらスタティックな決闘を描いた五味康祐、剣士の動きをストップモーションのように丹念に追った津本陽、大好きだった西部劇のガンアクションを思わせる勝敗をわける一瞬をとらえた藤沢周平など、剣戟シーンには作家ごとに持ち味がある。著者の剣戟はまさに複合型で、裏柳生の二十四人の刺客に囲まれた柳生兵庫、利方兄弟が、あっと驚く戦法で戦う「慶安御前試合」から、強敵と戦う柳生十兵衛の動作と心理を克明に活写した静かなサスペンスで読ませる「心の一方」までバリエーション豊かなのだ。迫力の活劇が連続するところは、剣豪小説ファンならずとも魅了されてしまうだろう。

「柳生刺客状」は、徳川家康が関ヶ原の合戦の日に暗殺され、それ以降は、諸国を放浪する「道々の輩《ともがら》」で、影武者の世良田二郎三郎が家康を演じていたとの奇想で歴史を読み替えた著者の代表作『影武者徳川家康』のサイドストーリーである。

『影武者徳川家康』では、実は関ヶ原の合戦を生き延びていた石田三成の腹心・島左近、凄腕の忍び甲斐の六郎、風魔小太郎たちを味方につけた二郎三郎が、徳川家の支配体制を盤石にするため、「道々の輩」の排斥を始めた二代将軍秀忠、柳生の隠密を使って秀忠を助ける宗矩と死闘を繰り広げた。「柳生刺客状」は、この戦いを宗矩の視点で再構築している。天皇には従うが、武家の権威は認めない職人や芸能民といった非定住民に着目した網野善彦の中世史研究を踏まえたロマンあふれる物語は、短篇ながら大作の『影武者徳川家康』と同じ興奮が味わえる。ちなみに、宮崎駿監督のアニメ『もののけ姫』も、網野史観がベースになっている。そのため、本書で初めて隆慶一郎作品に触れる若い読者も、違和感なく作品世界に入っていけるはずだ。

作中では、家康が戦死し、影武者と入れ替わったことを知った宗矩が、その情報を秀忠に伝えて信頼を勝ち取り、諜報活動を担う側近になったとされる。著者は、関ヶ原の合戦で何の手柄も立てなかった柳生家が、根拠がはっきりしない三千石の加増を受けたこととそが、宗矩への恩賞だったとする。このように、史実と虚構の差を曖昧にしながら物語が進むので、本作に書かれたことが史実のように思えるのである。

権力者に取り入るため、暗殺剣という〝闇〟に引き込まれていく宗矩と対比されているのが、人を斬ることに快楽を覚えた事実に苦悩し、〝闇〟から逃れようとする柳生兵介（後の柳生伊予守利厳）である。暗殺剣を磨く宗矩と、人を傷つけない無刀取りの修行に励む兵介が対決するクライマックスは、手段を選ばず金や地位を狙う人生が幸福なのか、そんなものに縛られない人生が幸福なのかを、問い掛けているように思えてならない。

関ヶ原の合戦の功績で大名になった柳生家だが、江戸柳生の総帥・宗矩の死後、遺産を三人の息子で分割するよう将軍家光に命じられ、一万石を下回る旗本になってしまう。それから大名になることが、江戸柳生の悲願になる。家光が、尾張柳生の天才・兵助に、江戸柳生を継いだ宗冬との試合を命じる「慶安御前試合」は、試合に勝って大名になることを目論む江戸柳生が送り込んだ裏柳生の暗殺集団と、兵助の戦いを軸にしている。

兵助は、柳生義仙率いる裏柳生の謀略、暗殺の手をかいくぐって江戸へ向かうが、次第に裏柳生以外にも陰謀をめぐらせている人物がいることが分かってくる。そのため全編がサスペンスに満ちている。クライマックスには、鎧の隙間を狙う戦場往来の介者剣術の達人と兵助の死闘も用意されているが、この戦いは、晩年の兵助が奇妙な遺言を残した理由に繋がっており、歴史の謎を解くミステリーとしても優れている。

長い年月をかけ愛を育んだ家光と柳生左門友矩が、世間の悪評を気にする宗矩によって引き裂かれる「柳枝の剣」は、せつない恋愛小説であり、柳生十兵衛が隻眼になった理由にも迫っているので、やはりミステリー的な面白さがある。

ただ友矩が、家光に剣の恐ろしさ、人を殺す恐ろしさを伝えるため、体を痣だらけにしながら家光の打ち込みを受けるシーンは壮絶。痛みを知らない人間は、他人に暴力を振う時に手加減ができず、昨今の凶悪犯罪は、子供の頃から暴力を遠ざけられたことに遠因があるともいわれている。本作を読むと、この説も納得できよう。

柳生新陰流と能の金春流との関係に着目した「ぼうふらの剣」は、江戸柳生を継いだ又十郎宗冬を主人公にしている。剣の鬼のような長兄の十兵衛、母譲りの美貌に加え剣の才能も持った次兄・友矩と比べると、宗冬は「ちびで、ずんぐりむっくり」した体型で、決して剣の天稟にも恵まれていない。剣の修行に嫌気が差し、遊廓に入り浸ったり、金春流で能を学んだりする宗冬は、〝自分探し〟をする現代の若者に近いので、共感も大きいのではないか。著者が描く柳生一族は陰惨だが、天才ではないがゆえに、出世にも、剣にも熱心ではない宗冬は飄々としている。そこはかとないユーモアを漂わせる「ぼうふらの剣」は、本書全体のアクセントにもなっているのである。

柳生十兵衛は、剣を学んだ父の宗矩が、柳生新陰流を創始した祖父・石舟斎から指導を受けた期間が短かったため、自分は柳生新陰流を正統に受け継いでいるかに疑問を抱いていた。「柳生の鬼」は、一族発祥の地・大和柳生に戻った十兵衛が、石舟斎の直弟子「あほの太平」の剣を破るため、山中に籠って行う凄まじい修行が描かれる。

幼い頃から天才だった十兵衛が、人間の限界を越える壮絶な修行を積む終盤は、剣の修行を通して人間性を高めるといった奇麗事とは無縁。すべてを手にしても、さらに何かを欲する人間の〝業〟を見るような十兵衛の姿は、背筋が凍るかもしれない。

「跛行の剣」は、戦場で鉄砲の弾丸を受け下半身に障害が残った新次郎厳勝を描いている。男性機能が不能となった厳勝は、父の石舟斎と妻が関係を持っていると知っても非難せず、不自由な体でも使える剣と、不義の子として生まれ、石舟斎に厳しく剣を仕込まれている次男の兵介に助言を与えることを生甲斐にしていた。それだけに、穏やかに生きているように見えた厳勝が、暗い情念を燃やしていたことが浮かび上がり、長年の修行で身に付けた超絶的な技で刺客と戦う終盤には圧倒される。

「逆風の太刀」は、石舟斎の四男・五郎右衛門宗章を主人公にしている。豊臣秀吉の養子になったことで、幼い頃から人生を翻弄された主君・小早川秀秋に同情の念を寄せる五郎右衛門は、秀秋の死後、米子藩の筆頭家老になっていた弟子の横田村詮を頼って米子へ向から。ところが米子藩では、若き藩主・中村忠一が村詮を謀殺し、さらに横田一族を攻める事件が発生。五郎右衛門は、弟子の息子を守るため、横田一族に味方し、忠一たちの大軍に立ち向かうのである。常に悪戯心、遊び心を忘れず、武士らしく生きるためなら、必敗が確実な側にも味方する五郎右衛門は、『一夢庵風流記』の前田慶次など著者が好んで書いた〝いくさ人〟そのもの。本作のラストは悲劇的だが、最期まで己を貫いた五郎右衛門が清々しいので、決して読後感は悪くない。

そして掌編「心の一方」は、敵を瞬間催眠にかける鬼道の術「心の一方」を使う松山主水大吉と戦う十兵衛が、この秘義をどのようにして破るのかが描かれる。

著者は、本書の収録作の多くが収録された『柳生非情剣』の初版本（講談社、一九八八年一二月）の「あとがき」で、柳生の「精神修養のための剣と云う言葉に大きな抵抗があった。剣は人を斬るための術だ。どんなに言葉を飾ろうと所詮人殺しの術である。そこに徹しない剣など絶対に強いわけがない」とし、「剣術者は『人でなし』である」と結論付けている。確かに「柳生刺客状」で剣の魔と権力の魔に魅入られていく宗矩や、「柳生の鬼」で人間の限界を越える修行に打ち込む十兵衛を見ていると、著者が柳生＝『人でなし』説を使って本書の収録作を書いたのも納得できる。

著者は、「戦場を知っている」からこそ、柳生を「人でなし」と考えるようになったという。考えてみると、本書には、部下の生死など歯牙にもかけない非情な命令を出す裏柳生の義仙が出てくる「慶安御前試合」、戦場で負傷した厳勝の修行が、傷病兵のリハビリを彷彿とさせる「跛行の剣」など、先の大戦を想起させるエピソードも多い。その意味で本書は、異色の〝戦争文学〟としても評価できるのだ。

学徒出陣で出征し、中国大陸を転戦した（この時の体験は、『葉隠』の世界をアレンジした『死ぬことと見つけたり』の中にも言及がある）著者の残したメッセージは、戦争の記憶が風化しつつある現代を生きる読者一人一人が、真摯に受け止める必要がある。

（すえくに・よしみ／文芸評論家）

本書は1995年9月、講談社より刊行された『隆慶一郎短編全集』を2分冊し、文庫化したものです。

本書には、今日、差別的とされる語句や表現がありますが、作者が故人であり、作品の発表された時代的・社会的背景も考慮して、原文のまま掲載しました。

日経文芸文庫

隆《りゅう》 慶一郎《けいいちろう》 短編全集《たんぺんぜんしゅう》1
柳生《やぎゅう》 美醜《びしゅう》の剣《けん》

2014年12月5日 第1刷発行
2015年1月29日 第3刷

著者 隆《りゅう》 慶一郎《けいいちろう》

発行者 斎藤修一

発行所 日本経済新聞出版社
東京都千代田区大手町1-3-7 〒100-8066
電話(03)3270-0251(代)
http://www.nikkeibook.com/

ブックデザイン アルビレオ

印刷・製本 凸版印刷

Printed in Japan ISBN978-4-532-28047-5

日経文芸文庫　刊行に際して

長く読み継がれる名作を多くの人にお届けするため、私たちは日経文芸文庫を刊行します。

極上の娯楽と優れた知性、そして世界を変えた偉大なる人物の物語。私たちが考える「文芸」は、小説を中心とする文学はもとより、文化・文明、芸術・芸能・学芸の魅力を広く併せ持つものです。

すべての時代において「文芸」の中心には人間がいて、その人間の営みが感動と勇気を与えてくれます。良質の文芸作品を、激変期を生きる皆様の明日への糧にしていただきたい。そう私たちは切に願っています。

二〇一三年十月

日本経済新聞出版社

紅蓮鬼

高橋克彦

延喜八年、男たちが惨殺された。下手人は若い娘。調査に乗り出した賀茂忠道が快楽の果てに見たものは？ 陰陽師の賀茂一族と鬼との壮絶な闘いをスリリングに描く。

白妖鬼

高橋克彦

物狂帝と呼ばれた天皇が譲位し、術士たちは謎の集団に襲撃された！ 陰陽師のニューヒーロー・弓削是雄が仲間とともに繰り広げる、人心を操る鬼との死闘。

長人鬼

高橋克彦

平安の都、羅城門に人の倍以上も背丈のある鬼が現れた！「長人鬼」とは何者なのか？ 陰陽師の弓削是雄は仲間とともに、頻発する怪異の調査に乗り出した。

空中鬼・妄執鬼

高橋克彦

闇に浮かぶ五つの生首。陰陽師の弓削是雄を襲う怪異と鬼の哀しき正体を描く「空中鬼」に、新たな鬼との闘いを予感させる文庫初収録作「妄執鬼」を加えた一冊。

悪党の戦旗
嘉吉の乱始末

岩井三四二

嘉吉の乱から十五年。南朝の帝を討ち神璽を奪還することで主家再興を図ろうと、赤松家の遺臣達は吉野へ潜入する……。忍従と苦難の闘いを描く本格歴史長篇。

銭の弾もて秀吉を撃て
海商 島井宗室

指方恭一郎

「我ら商人は矢玉の代わりに銭を撃つのだ」――。少年時代を朝鮮で奴隷として過ごし、その後、博多の貿易商となり巨万の富を築いた商人と関白秀吉との戦いを描く。